Giovanni Verga

Una peccatrice

Texte et illustration de couverture : © domaine public
Edition : Culturea (Hérault, 34)
Contact : infos@culturea.fr
Retrouvez notre catalogue sur http://culturea.fr
Imprimé en Allemagne par Books on Demand
Design typographique : Derek Murphy
Layout : Reedsy (https://reedsy.com/)

Dépôt légal : janvier 2023

ISBN : 9791041842056

Una peccatrice

Dirò come mi sia pervenuta questa storia, che convenienze particolari mi obbligano a velare sotto la forma del romanzo.

Verso la metà di novembre avevamo progettato una partita di campagna con Consoli e Pietro Abate.

Il 14, con una bella giornata, noi eravamo sulla strada di Aci.

Verso Cannizzaro un elegante calesse signorile oltrepassò la nostra modesta carrozza da nolo. Giammai si è tanto umiliati dal contrasto come in simili casi. Consoli, ch'era forse il più matto della compagnia, gridò al cocchiere:

«Dieci lire se passi quel calesse!».

Il cocchiere frustò a sangue le rozze, che cominciarono a correre disperatamente, facendoci sbalzare in modo da esser sicuri di ribaltare; e siccome le povere bestie non correvano come egli voleva, Consoli salì in piedi sul sedile dinanzi per togliere le redini e la frusta dalle mani del cocchiere.

Allora cominciò un alterco fra quegli che non voleva cederle e Consoli che le voleva ad ogni costo, mentre il legno correva alla meglio.

Tutt'a un tratto i cavalli si arrestarono; Abate ed io, sorpresi di vederci fermati sì bruscamente, domandammo che c'era.

«Un morto»: fu la risposta laconica del cocchiere.

Un convoglio funebre attraversava lentamente lo stradone; esso era semplicissimo: un prete, un sagrestano che portava la croce, un ragazzo che recava l'acqua benedetta, e tre o quattro pescatori; il feretro, coperto di raso bianco e velato di nero, era portato da quattro domestici abbrunati, e una carrozza signorile, in gran lutto, lo seguiva.

Quando la carrozza fu a paro della nostra, una testa scoperta si affacciò allo sportello sollevando la tendina di seta nera, e noi riconoscemmo uno dei nostri amici d'Università, Raimondo Angiolini, laureato in medicina da quasi due anni.

Domandammo chi era morto ad un domestico in lutto che seguiva, anch'egli a piedi, il convoglio, e ci fu risposto: «La contessa di Prato».

«Ella!», esclamammo tutti ad una voce, come se fosse stato impossibile che la morte avesse potuto colpire quella fata, che aveva fatto il fascino di tutti.

Non sapevamo spiegarci per quali circostanze la contessa fosse morta in quel luogo e Angiolini ne accompagnasse il feretro; per un movimento istintivo ed unanime scendemmo da carrozza, e, a capo scoperto, seguimmo il mortorio sino alla chiesetta.

Raimondo Angiolini entrando in chiesa venne a stringerci la mano; i nostri occhi soltanto l'interrogavano, poiché egli rispose tristemente le stesse parole che ci erano state dette:

«La contessa di Prato».

«Ella!», fu ripetuto di nuovo.

Raimondo abbassò il capo tristemente.

«Morta... la contessa!... morta qui!», esclamò Abate.

«Sì, ieri l'altro, alle due del mattino... una morte orribile.»

Rimanemmo un pezzo in silenzio: giammai questo spaventoso mistero del nulla avea colpito siffattamente le noncuranti immaginazioni dei nostri 23 anni.

«Sembra un sogno!», mormorò Consoli, «saranno appena due mesi ch'io la vidi al teatro.»

«La sua malattia fu brevissima»; rispose Raimondo, «è morta per Pietro Brusio.»

«Per Brusio! ella!... la contessa!...»

Anche Brusio era uno dei nostri compagni d'Università, buon giovanotto, alquanto discolo; ma, per quanto ci torturassimo il cervello, non arrivammo a comprendere come la Prato, questa Margherita dell'aristocrazia, fosse giunta ad amarlo, e, quel ch'è più, a morire d'amore per lui. Siccome i nostri volti al certo esprimevano tal dubbio, Angiolini riprese:

«Nessuno, fuori di me e dell'amico mio Brusio, e forse egli meno di me, potrà mai arrivare a conoscere per qual concorso straordinario di circostanze questi due esseri» (Angiolini nella sua qualità di medico diceva *esseri*) «si sono incontrati ed hanno finito per assorbire l'uno la vitalità dell'altro. Sono di quei misteri, che sembrano troppo reconditi ma troppo ben tracciati nel loro sviluppo per essere casuali, e che fanno supporre quello che il coltello anatomico non ci ha potuto far trovare nelle fibre del cuore umano».

«Vogliamo saperlo allora!», saltò su a dire Consoli, «siamo tutti amici di Brusio.»

Angiolini, malgrado il suo scetticismo di medico, volse uno sguardo alla bara, posta fra quattro ceri, nel mezzo della chiesa, mentre il prete celebrava la messa.

«Comprendete benissimo, amici miei, che questo non è il luogo, né l'ora.»

Ricondotti a quella triste meditazione tutti fissammo a lungo e in silenzio quella cassa coperta di raso e velata di nero, su cui il più allegro sole d'inverno, che scintillava sui vetri della modesta chiesuola, mandava a posare uno dei suoi raggi.

Io non so come ciò avvenga, ma nessuno di noi tre, in quel punto, quando quel bel sole invernale animava quelle spiagge ridenti, con quel mare immenso che si vedeva luccicare attraverso la porta, fra tutto quel sorriso di cielo e la vita che sentivamo rigogliosa, fidente, espansiva, con il canto allegro dei pescatori che lavoravano sul lido e il cinguettare dei passeri sul tetto della chiesa, a cui faceva un triste contrapposto il silenzio funereo di quel recinto, interrotto solo dal mormorare del prete che officiava, e la luce velata della chiesetta colle pallide fiammelle di quelle torce, nessuno di noi tre, dicevo, poteva credere intieramente che quelle quattro tavole racchiudessero quel corpo, meraviglia di grazia e di eleganza, che, pochi giorni innanzi, quando si vedeva passare al trotto del suo brillante equipaggio, faceva voltare tante teste.

Lo ripeto: giammai la morte ci era sembrata più imponente e più possibile nello stesso tempo prima d'allora.

Quando uscimmo di chiesa dissi a Raimondo:

«Hai bisogno di noi?».

«No, grazie.»

«E Brusio?», domandò Abate.

«È là»; rispose Angiolini additandoci una graziosa casina.

A quelle sole parole scorgemmo tutto l'abisso che dovea separare Brusio dalla società, in quel momento in cui lo immaginammo solo e annientato in quelle camere ancora profumate da lei, ancora stillanti di quell'amore che inebriandoli aveva ucciso il più fragile dei due esseri; ora solo, perduto nell'immensità di quel dolore profondo che sbalordisce come il fulmine.

Sentimmo che nulla potevamo fare per lui in quel momento.

«Addio!», dissi ad Angiolini stendendogli la mano.

«Ci vedremo?», aggiunse Abate.

«Chi sa?... fra un mese o due forse...»

«E ci narrerai questa storia?», disse Consoli.

«Tu la scriverai?», rispose Raimondo rivolto a me.

«Forse.»

«In tal caso bisogna che Pietro me ne dia prima il permesso. Addio.»

Tre mesi dopo rividi Angiolini al Caffè di Sicilia. Gli domandai di Brusio: era ritornato a Siracusa, sua patria; gli rammentai la promessa, ed egli mi narrò le parti principali di quella storia di cui noi avevamo assistito alla triste catastrofe; però pei dettagli mi promise di comunicarmeli minuziosi e precisi, dopo che avrebbe consultato certe lettere che aveva ricevuto da Brusio e dalla contessa.

Un mese più tardi ricevei dalla Posta un grosso plico col bollo di Napoli; vi erano i dettagli e le lettere che mi aveva promesso Angiolini, due o tre fotografie rappresentanti diverse località di una casa abitata in Napoli da Pietro Brusio, e finalmente la preghiera, che Raimondo mi faceva, se mai mi decidessi un giorno a pubblicare questa storia dell'amore onnipotente, di salvare rigorosamente le apparenze, in modo che neanche gli amici di Brusio potessero penetrarne il segreto.

Dal canto mio non ho fatto che coordinare i fatti, cambiando i nomi qualche volta, ed anche contentandomi di accennare le iniziali, quando, anche conosciuto il nome, le circostanze per le quali è ricordato non sono compromettenti; rapportandomi spesso alla nuda narrazione di Angiolini e alle lettere che questi mi rimise; aggiungendovi del mio soltanto la tinta uniforme, che può chiamarsi la vernice del romanzo.

I

In una bella sera degli ultimi di maggio, due giovanotti, tenendosi a braccetto, passeggiavano pel gran viale del *Laberinto* che dovea trasmutarsi in Villa Pubblica, con quella oziosità noncurante che forma il carattere degli studenti e dei giovanotti che non hanno ancora le pretensioni di *dandys*.

Passeggiavano da quasi cinque minuti in silenzio, quando una signora, abbigliata con gusto squisito, appoggiandosi con il molle e voluttuoso abbandono che posseggono solo le innamorate o le spose nella *luna di miele*, al braccio di un uomo, anch'esso molto elegante, passò loro dinanzi; e lo strascico della sua lunghissima veste sfiorò i calzoni del giovane alto e bruno che stava a diritta, il quale non sembrò accorgersene.

«La bella donna!», esclamò il suo compagno, un giovane biondo, come per rompere quel silenzio, che durava da un pezzo.

L'altro, istintivamente, alzò il capo e guardò la signora, che, o naturalmente, o per l'istinto della donna, avea volto a metà il viso verso di loro, parlando con l'uomo che l'accompagnava.

Il bruno sembrò esaminarla di un lungo sguardo dalla piuma del suo cappellino, che scherzava coi ricci dei suoi magnifici capelli cadenti sin quasi sulle sopracciglia, alla punta del suo piccolo piede, chiuso in stivaletti di seta nera, che allora, forse per la più squisita civetteria, l'ampia guarnizione della veste lasciava scoperto sino al basso di una gamba sottile e ben modellata.

«Sì, molto bella!», diss'egli, come rispondendo a se stesso.

E, malgrado che tentasse immergersi di nuovo nei pensieri che lo tenevano sì preoccupato un momento innanzi, due o tre volte alzò gli occhi a fissare la veste, che ancora strisciava lontana sulla sabbia del viale.

Alla porta ella montò nella carrozza che l'aspettava, e partì.

«Ella non dev'essere siciliana»; ripigliò il bruno, che si chiamava Piero.

«Chi te lo dice?»

«Tutto: il suo genere d'eleganza, la sua andatura... il modo stesso con cui accolse la tua esclamazione.»

«L'ha udito dunque!», mormorò il biondo, arrossendo come un collegiale.

«Raimondo, amico mio, sarai sempre un ragazzetto su questo argomento. Credi dunque che quando una bella donna ti passa dinanzi badi ad ascoltare le sciocchezze che le sussurra un imbecille qualunque sotto il naso?»

«Ma quest'imbecille può anche essere un amante... e allora...»

«E allora ragion dippiù per ascoltare ciò che si dice di lei, quale impressione desta passando, per poi fare un presente all'innamorato delle tue osservazioni (se sono favorevoli però, bada!) sotto il pretesto di riderne; presente che deve rendere innamorato quel povero allocco per dieci gradi dippiù.»

Raimondo rise dell'osservazione; e ambedue proseguirono a passeggiare in silenzio.

All'ingresso del giardino si separarono, colla tacita promessa, data nella più tacita stretta di mano, di rivedersi l'indomani.

Noi cercheremo di delineare questi due personaggi, dei quali uno è destinato ad avere la maggior parte negli avvenimenti che verranno in seguito.

Pietro Brusio, l'uno dei due (ricorriamo al pseudonimo per questo come per quasi tutti i nostri personaggi, viventi ancora la maggior parte e molto conosciuti) è, come abbiamo accennato, un giovanotto alto; di circa 25 anni; alquanto magro, ciò che non impedisce che abbia delle belle forme, le quali sarebbero più eleganti, se avesse il segreto, come l'hanno molti, di saperle fare spiccare; ha i capelli assai radi, di un castagno molto più chiaro di quello dei suoi pizzi e dei baffi; pelle bruna; occhi piccoli e vivissimi; labbra alquanto grosse e sensuali; narici larghe e dilatantisi sempre più alla minima aspirazione del suo carattere impetuoso; piedi e mani piccolissime, in rapporto alla sua statura. Nell'assieme figura energica e maschia, che può avere anche i suoi riflessi di bellezza, messa sul suo piedistallo, nella sua giusta luce, al suo posto insomma. È un giovane quale se ne incontrano molti in Sicilia: sangue arabo in vene andaluse: orgoglioso come un *Cid* egli non dissumula menomamente le sue pretensioni di superiorità, che nulla sembra autorizzare nel suo esteriore. Vivo ed impetuoso come tutti i meridionali, egli scenderebbe sino alla lotta di piazza pel minimo sguardo un po' dubbio che s'incrociasse col suo. Natura generosa del resto, elevata, con molte aspirazioni al superiore, troppo nobile forse per trovarsi in contatto colla società del giorno senza risentirne gli urti, egli passa colla maggior facilità dall'estrema confidenza nella sua *stella*, nel suo avvenire (poiché egli avea dato due o tre drammi al teatro di Siracusa, dei quali si era parlato il giorno dopo soltanto, o non si era parlato affatto) allo scoraggiamento massimo, alla disillusione più completa di tutti quei sogni rosati, che pur riempiono un gran vuoto, rispondono ad un gran bisogno di quell'età in cui il cuore e l'immaginazione vivono anch'essi la loro vita.

Il compagno che gli passeggiava allato è molto più piccolo; biondo, piuttosto grasso; uno di quei caratteri che non servono sovente ad altro che a far spiccare una individualità superiore a cui si accompagnano, di cui sentono e subiscono l'influenza come un satellite.

Raimondo, il biondo, ha però il merito di essere come il compimento del carattere infiammabile, sovente del soverchio, del suo amico. Egli non ha la superiorità d'ingegno di lui, ma molta maturità di giudizio, ciò che lo fa ragionare calmo ed assennato, ed impedisce a Pietro di commettere mille pazzie, poiché Raimondo ha la voce dolce ed insinuante ed il carattere conciliativo; sembra infine che l'ardente carattere dell'amico suo subisca a sua volta l'influenza della pacata indole di lui.

Entrambi appartengono a due buone famiglie di Siracusa. Raimondo è già laureato in medicina da quasi un anno, e Pietro studia legge per studiare qualche cosa che non gli renda soltanto strette di mano dei comici, che per altro si misuravano dal numero dei rinfreschi offerti e mai rifiutati, e qualche applauso, assai freddo, della platea, che avea il valore di un biglietto gratis.

Abbiamo insistito, forse di soverchio, su questi dettagli fisici e morali, d'uso per alcuni, per noi resi indispensabili dalla necessità, che abbiamo peculiare, di far *sentire*, diremmo, i caratteri che presentiamo prima di agitarli nelle scene di un racconto intimo. Scopriamo sin dal principio il meccanismo, per non attirarci la taccia, poscia, di aver fatto agire delle marionette, da chi non ne vedesse il filo motore ch'è il cuore.

Cinque giorni dopo, all'ora solita, noi incontriamo i due amici, che passeggiano, colla stessa sbadataggine, sotto gli alberi del *Rinazzo*; l'uno, il biondo, chiacchierando quasi sempre solo; il suo compagno col capo basso e le mani dietro le reni.

«Mio caro», diceva il biondo, guardando l'amico negli occhi in aria di malizia, «risponderai almeno questa volta a quella piccina?»

«Io?», rispose bruscamente Pietro, come destandosi di soprassalto, «e perché fare?»

«Bella risposta! che pure non avrebbe avuto l'opportunità di venir fuori oggi, se tu l'avessi data a te stesso il giorno, o piuttosto la sera, che ti venne in mente di accalappiare colle tue commedie quella poveretta.»

«Credo che tu abbi ragione in quanto alla risposta; e che tu dica una bestialità, ciò che fai spessissimo, in quanto a quello che mi vai cantando di accalappiamenti e di poverette...»

«Pietro...»

«Lasciami tranquillo, ti dico!... Ci credi sul serio dunque che a quest'ora Maddalena, la *piccina*, come la chiami, pianga e si disperi perché non le scrivo più, perché la sera, onde aspettarla sotto il verone, non rischio più di farmi gettare delle immondezze sul capo da qualche serva maligna, che finga di non vedermi, e perché non do più lo spettacolo ai vicini, che si mettono ad origliare dietro le imposte, di quelle freddure che si ricantano sempre sullo stesso tuono: *buona sera; come stai? mi ami sempre? non quanto me...* ecc. ecc., poiché le varianti sono pochissime?! In fede mia che ne ho abbastanza di tali amori da quindici anni!!... Se mi avesse permesso di salire un momento sulle scale... pazienza!...»

«Sì, pazienza per altri otto giorni! La sarebbe finita come tutte le altre... Eppure ti assicuro che se tu l'avessi veduta piangere come io l'ho veduta; se ella ti avesse abbracciato i ginocchi come li ha abbracciati a me, per indurti ad andarla a vedere, a scriverle almeno... se tu avessi udito le parole ch'ella mi diceva!...»

«Parola d'onore!», esclamò sghignazzando Pietro, «che tu ne sei innamorato cotto. Va, Raimondo, amico mio, tu farai il tuo cammino, coi tuoi ventidue anni, i tuoi capelli biondi, e il tuo volto fresco e roseo.»

Il biondo prese quegli scherzi come li prendeva sempre, dalla parte che lasciano ad un uomo di spirito, ch'è quella di riderne pel primo, e riprese:

«Se così fosse, confessa che mi saresti molto obbligato di averti sbarazzato di una *noia*, senza i ritornelli soliti di *traditore, Iddio è giusto*, ecc.».

Pietro ne rise esso pure, e strinse con effusione la mano del suo amico.

«Sentimi, caro Raimondo»; diss'egli alquanto gravemente; «io non son di quelli che dicono: *fo così perché così fanno gli altri*. Mi sento troppo superiore a questi *altri* per seguirne l'esempio. A diciott'anni è permesso credere ancora all'amore, alla fedeltà, alla donna tipo eroina, come impastocchiano gli sfa[c]cendati nei romanzi... A ventiquattro (è desolante quello che dico, ma non è men vero) si è scettici come lo scetticismo, quando cento volte si sono ascoltate le più appassionate proteste, fatte colle lagrime agli occhi, dalla donna che ha in saccoccia la lettera del rivale...»

«È curiosa!», interruppe Raimondo.

«Che cosa?»

«Come ti hanno guastato i romanzi di Sue; tu, accanito avversario dell'esagerazione della scuola francese, e che ora mi copii sì bravamente *l'uomo stufo a ventun'anni*, lo *Scipione* del *Martino il Trovatello*...»

«Non copio io!», disse Pietro quasi con asprezza; «ti dico soltanto quello che penso. Ti dico anche che darei qualche cosa del mio avvenire per possedere ancora le illusioni sì care de' miei diciassette anni... Tu conosci la mia vita, Raimondo!... Ti ricordi di una giovanetta che amai alla follia... Che fece quella giovanetta, per la quale avevo pianto,... ne ho vergogna anche a pensarci... pianto dinanzi a te... come un fanciullo... come un vile?!... Ella m'ingannò per un mercante; poi per un nobile, per un uomo ammogliato... E questa donna, che avea dato appuntamento per la sera al suo *amico*, che ascoltava tremando le ore che segnava l'orologio del salotto, poiché temeva ch'io m'incontrassi con lui, abbracciava i miei ginocchi, come ieri Maddalena abbracciava i tuoi; mi supplicava colle lagrime più ardenti, colle carezze più tenere, cogli accenti più deliranti di non lasciarla sì tosto, di non lasciarla in collera, poiché s'era accorta ch'io avevo sospetto di quello che dovevo vedere mezz'ora più tardi... Dopo amai una maritata; credei che una signora che rischia di romperla colla società, e colla sua felicità istessa, dovesse molto sentire, quest'affetto, al quale sacrifica il suo decoro, la pace domestica, e, presso di noi, fors'anche la vita... Quindici giorni dopo, a caso, in una festa da ballo, seppi, da uno di quegli amici che s'incontrano dappertutto, che da tre giorni egli era in relazione con quella signora... e le espressioni appassionate di lei, ch'egli mi citò, erano le stesse di quelle che aveva impiegato per farmi credere al suo amore... In seguito amai una fanciulla... *pura siccome un angiolo*, come direbbe il signor Germont nella *Traviata*; ella aveva tutto ciò che può far credere alla purità del cuore: distinzione d'educazione, coltura d'ingegno, bontà di sentimenti... Io l'amai come un pazzo, quella fanciulla dal viso pallido e dagli occhi cerulei... Scesi persino alle puerilità del collegiale,... passare sotto i suoi veroni, seguitarla al passeggio e in chiesa... Quella giovanetta rispose finalmente alle mie lettere, mi promise amore e fedeltà, nell'istesso tenore, suppongo, in cui l'aveva promesso sei mesi prima ad un giovane che sposò alcune settimane appresso... E dopo questo, dopo innumerevoli esempî, che ogni giorno cadono sott'occhio, credi che si possa più aver fede nell'*amore* propriamente detto, in quest'amore chiesto e giurato spesso col rituale alla mano, senza passare almeno per uno scolaro di primo anno?»

«Ti rispondo colle tue parole: Credo che abbi ragione almeno per metà; ma confessa che per l'altra tu esageri un pochino, lasciandoti trasportare, al solito, dalla tua immaginazione.»

«Può essere anche questo»; rispose sorridendo il giovane; «del resto colla Maddalena l'ho rotta tranquillamente o diplomaticamente, come vuoi meglio. Infine vuoi una parabola per convincerti?»

«Fuori la parabola!»

«Ecco!», e Pietro trasse dal suo portasigari, che avea trasformato anche in portafogli e portamonete, un bigliettino in carta profumata ed involto in una sopracoperta piccolissima color rosa; colla stessa flemma ne prese un sigaro ed un fiammifero. Acceso il foglietto, cominciò ad accendere tranquillamente il sigaro.

Raimondo ebbe il tempo di leggere le ultime frasi assai tenere del bigliettino, scritto con quel carattere minuto ed uguale che sembra particolare alle signorine distinte, firmato in basso colle sole iniziali.

«Hai veduto?», gli domandò Pietro trionfante, buffandogli in faccia il fumo azzurrognolo del sigaro.

«Ho guardato ma non ho visto, come il cieco della Bibbia.»

«È semplicissimo: vi è un detto celebre: *Fumo di gloria non val fumo di pipa*: ciò che in parentesi dimostrerebbe che le mie più belle produzioni-erba non valgono il fumo delizioso di questo *regalia*; io ne faccio un altro: *Amor di donna*, e d'uomo, se si vuole, *non dura più di cenere di carta*, o *biglietto amoroso... o sigaro regalia*. Spero di farmi nome almeno coi proverbi... giacché non l'ho potuto con opere di maggior lena... Ma guarda laggiù, imbecille!...»

«Che c'è?»

«Cospetto!... la signora che incontrammo l'altra volta alla Villa!»

«È vero.»

«Che donna... Perdio!...»

«Non è poi quella maraviglia che mi vai cantando...»

«Non ho parlato di maraviglie. Ti dico semplicemente che a Catania, e in tutta Sicilia anche, son poche le donne che sappiano recare così bene il loro *perdessus reine-blanche*, e che sappiano appoggiarsi con tanta grazia al braccio di quel briccone in guanti paglia e *pincenez* che ha la fortuna di premere quel polsino contro le sue costole.»

Essi passarono quasi rasente a quella donna, che questa volta non li vide o fece le viste di non vederli, e che sorrideva del suo riso incantevole al suo cavaliere, mentre gli parlava.

«Hai udito che bella voce!», esclamò Pietro, premendo il braccio del suo compagno; «all'accento mi parve torinese... Io adoro tutto il Piemonte in questo momento...»

«Eppure veduta dappresso non è bella...»

«È adorabile, se non è bella! Essa non ha la bellezza regolare, compassata, che direi statuaria, e che non invidio ai modelli dei pittori; ma ha occhio che affascina, e sorriso che seduce carezzando, quando questo fascino ci può fare atterrire coi suoi brividi troppo potenti. Questa donna alta e sottile, di cui le forme voluttuosamente eleganti sembrano ondeggiare lente e indecise sotto la scelta toletta che le riproduce con tutta l'attrattiva vaporosa delle mezze tinte, ha tutte le perfezioni per poter coprire ed anche far ammirare come pregi altre imperfezioni; questa donna che ha bisogno di tutta la delicatezza e la bellezza di contorno del suo collo da inglese per non far troppo spiccare la piccolezza della sua testa da bambina; di tutta la flessibilità della sua vita per far dimenticare l'estrema sottigliezza del suo corpo; di tutta l'abbagliante bianchezza dei suoi denti per fare una bellezza della sua bocca alquanto grande, con cui ella sorride sì dolce che sarebbe a desiderarsi di vederla sempre sorridere; che si serve di tutte le ombre, di tutti i riflessi più lucidi, più belli, più azzurrognoli dei suoi magnifici capelli neri per nascondere che la sua fronte è alquanto larga ed alta del soverchio; di tutta la limpidità dello sguardo dei suoi occhi, infine, per farne ammirare la pupilla di un riflesso molto chiaro; questa donna mi colpisce mille volte dippiù coll'effetto direi strano, sorprendente, poiché rubato a Dio, della sua beltà... Io non potrei giammai esprimerti l'effetto che mi fa questa bellezza, che non è tale che quasi per un miracolo, poiché non ha nulla per esserlo, ed in cui tutto sembra formare un assieme di grazia e d'incanto; questa bellezza che ha bisogno di tutte le risorse della toletta, di tutte le seduzioni dei modi e dell'accento, di tutto l'incanto dello sguardo e del sorriso, per circondarsi di questo vapore trasparente... illusorio, lo confesso, che la fa bella però, che la fa adorabile, poiché sembra non farla vedere che in nube, attraverso l'incenso e l'orpello; questa bellezza che vuol essere tale a dispetto della natura che l'avea fatta comune; questa figura plastica che non ha di bello che gli elementi, direi, per divenir tale, e lo spirito creatore che fa nascere tutte le grazie di cui si circonda; che si mette allo specchio donna per sortirne silfide... maga... sirena...»

«To... to... to!... Pietro, amico mio, ne saresti innamorato?...»

«Io!», rispose il giovane scrollando le spalle, come cadendo dalla sua esaltazione, «sei pazzo!»

«Eppure tutti i pregi di costei non valgono un solo di Maddalena. Venti ancor più belle di lei non farebbero un angioletto così bello e perfetto qual è la *piccina,* come mi piace chiamarla; che pure hai abbandonato senza un pensiero.»

Pietro fissò uno sguardo sull'amico, poi un altro sulla signora ch'era già molto lontano, e rispose semplicemente, abbassando il capo: «Maddalena non sa neanche annodarsi il nastro del cappellino come colei».

«È graziosa!», esclamò Raimondo. «Dunque ameresti dippiù una donna che avesse bisogno, per essere amata, d'impiegare prima due ore allo specchio?»

«Sì, lo confesso... Chiamala anche civetteria, o ciò che vuoi; nella donna che dovrei amare io vorrei tutte queste cure minute, tutte queste precauzioni delicate, tutte le perfezioni dello spirito e le squisitezze dell'educazione, tutti questi dettagli dell'assieme, insomma, che servirebbero a formarmi l'aureola della donna che dovrei avvicinare colla riverenza e il delirio dei sensi, che tal prestigio dovrebbe recarmi, poiché la riverenza del cuore io non l'ho più. Io amo nella donna i velluti, i veli, i diamanti, il profumo, la mezza luce, il lusso... tutto ciò che brilla ed affascina, tutto ciò che seduce e addormenta... tutto ciò che può farmi credere, per mezzo dei sensi, che questo fiore delicato, del cui odore m'inebbrio, che mi trastullo fra le mani, non nasconde un verme; che quest'essere non è, come il mio, debole e creta... E allora io l'amerei... un giorno, un'ora, ma l'amerei... Quanto alle altre donne, le amerò allorché scoprirò un cuore nella donna.»

Pietro, dopo questa scappata, rimase muto alcuni altri secondi, aspirando voluttuosamente, colle narici dilatate, il fumo del sigaro, come se attraverso quella nube cenerognola volesse discernere le forme indecise del tipo che avea ornato di tale incanto nella sua immaginazione. Poscia, come arrossendo del suo trasporto, si mise a ridere fragorosamente, esclamando:

«Che ne dici della mia tirata, Pilade?».

«Non è cosa nuova in te. Dimentichi troppo spesso che sei scritto sul ruolo degli studenti di terzo anno in legge, per trasportarti ai tempi in cui impiastricciavi carta.»

«Hai ragione; bisogna dimenticare quei tempi...», disse il giovane con una forzata allegria, che pure avea una leggiera tinta d'amarezza. «*Destino!* ecco la gran parola che gli uomini non sanno proferire più spesso, ma nella quale io son credente come un maomettano... Io, povero sciocco, che m'ero fitto in capo di salire le scale del Campidoglio, e raccogliervi una corona qualunque... eccomi destinato probabilmente a logorare quelle dei tribunali, e di corone non si parla più... fossero anche di cavoli. Se gli uomini sapessero far valere questa parola quanto essa lo merita, l'incolpabilità delle azioni umane rimarrebbe sugli scritti dei penalisti: ecco che, almeno una volta, parlo da saggio...»

«Ed anche il merito delle azioni umane, in tal caso... E tu sei superstizioso in quest'idea?»

«Al fanatismo!»

«Ma se tu fossi *destinato* ad amare quella donna, che non hai veduto che due volte, in passando?...»

Pietro cominciò dallo scrollare le spalle, al [suo] solito; indi rimase alcuni minuti in silenzio, e disse tristamente, come se quell'idea gli facesse pena o paura: «Chi lo sa!?...».

II

Venti giorni sono scorsi da quello in cui incontrammo i due amici al *Rinazzo*. Siamo nei lunghi giorni del giugno. Pietro studia assiduamente da mattina a sera le sue tesi, poiché si approssimano gli esami; ed esce assai di rado.

La sera di un giovedì Raimondo venne a trovarlo nel suo stanzino da studio, nella casa che abitava insieme a sua madre e alle sue due sorelle, in via Vittoria.

«Che vuoi?», domandò Pietro bruscamente, celando, al suo solito, la viva amicizia che nutriva pel suo compagno sotto quell'apparenza di ruvidità.

«Vengo per condurti meco al passeggio.»

«Ne ho forse il tempo? Sai bene che gli esami sono vicini, e non ho ore da sprecare andando a spasso; sai pure che col professore Crisafulli non c'è da scherzare.»

La signora Brusio, ch'era entrata con Raimondo nello stanzino di suo figlio, e si era appoggiata, con quell'atteggiamento ineffabile d'amore delle madri, alla spalliera della sua seggiola, unì le sue istanze a quelle di Raimondo per indurre suo figlio a prendere un po' d'aria.

«Stassera c'è musica alla *Marina*», disse Raimondo.

«Va pure, figlio mio»; disse la madre, «da quasi venti giorni tu non esci più, e ciò ti farà ammalare invece di farti proseguire i tuoi studî. Prendi qualche ora di riposo; ne hai bisogno.»

Pietro amava sua madre d'immenso affetto. Pel suo carattere impetuoso ed insofferente quella dolce voce di donna, quella mano pallida e affilata che carezzava i suoi capelli, erano irresistibili.

«Giacché siete congiurati, e volete così!...», diss'egli sorridendo, «aspettami cinque minuti, Raimondo; il tempo di vestirmi.»

E passò nella sua camera.

«Fatelo divertire, signor Angiolini»; disse al giovane medico la signora Brusio, «ha tanto bisogno di distrazione il mio povero Pietro! È tanto tempo che non fa altro che studiare!... e mi sembra che sia divenuto più pallido... Mi atterisce l'idea che abbia ad ammalare!»

«Non pensi a queste cose, signora»; interruppe Raimondo; «Pietro è forte come un toro, e quest'eccesso di lavoro non può durare che altri otto o dieci giorni. Terminati gli esami abbiamo stabilito di andare a passare una settimana alla campagna.»

«Grazie, grazie, Raimondo!», disse la madre, stringendo la mano del giovane, «voi siete il degno amico del mio Pietro... Ve lo raccomando!... Siamo tre donne che non abbiamo più che lui...»

Vestito che fu Pietro i due amici andarono alla *Marina*.

I viali erano affollatissimi; la musica eseguiva le più appassionate melodie di Bellini e di Verdi; un bel lume di luna si mischiava alle vivide fiammelle dei lampioncini, sospesi in festoni agli alberi, che illuminavano i viali. Era una di quelle sere incantate che si passano su queste spiaggie del Mediterraneo, in cui lo specchio terso ed immenso del mare, che riflette tremolante il raggio dolce e pacato della luna, sembra servire di cornice al quadro allegro, vivace, animato, che formicola colle sue mille seduzioni sotto gli alberi.

Pietro si sentì come allargare il cuore e fu grato all'amico di quella piacevole sensazione; essi passeggiavano per uno dei viali più appartati.

«Non m'inganno!», esclamò Pietro tutt'a un tratto, come di soprassalto, stringendo vivamente il braccio dell'amico contro il suo; «è lei!... là!... in mezzo a quei due uomini!»

In fondo al viale quasi deserto, perché troppo lontano dalla musica, spiccava infatti, e per la solitudine del luogo, e per una certa originalità elegante di abbigliamento e di andatura, la signora che aveva recato tale impressione in Pietro Brusio.

Vestiva un semplicissimo abito di *tarlatane* a quadretti bianchi e bleu, tessuto di una freschezza e leggerezza quasi vaporosa; uno scialle nero, fermato sul petto da uno spillone d'oro; ed un cappellino grigio ornato *cerise*.

Nulla però varrebbe a riprodurre l'eleganza suprema, la molle e quasi ingenua civetteria, con la quale ella rialzava la veste sino a metà della sottoveste ricchissima e si appoggiava al braccio di un uomo di quasi 30 anni, assai bruno, con volto ombrato da una folta barba nera, che avrebbe fatto invidia ad un guastatore, e vestito con ricercatezza alquanto leccata. Dall'altro lato era accompagnata da un signore di mezza età, alto, quasi biondo, freddo, e che parlava con una bella pronunzia toscana.

I due giovani, passeggiando, s'incrociarono con essi che venivano loro di contro. Questa volta uno sguardo della signora, incerto, quasi negligente, si fissò indolentemente, ma a lungo negli occhi ardenti di Pietro che la divoravano.

Due o tre volte ancora i due amici l'incontrarono di faccia; e ciascuna volta quello sguardo limpido, chiaro, noncurante, si fissò sul giovane che la guardava a lungo; e ciascuna volta il cuore di Pietro batteva stranamente in modo più forte; e le sue guancie pallide e brune si facevano ancor più pallide; e il suo occhio sfavillava più ardente; ed egli affrettavasi, trascinava quasi il suo compagno per giungere a quest'attimo in cui quella silfide dovea passargli dinanzi, in cui quella veste doveva sfiorarlo, in cui quegli occhi dalla pupilla trasparente dovevano fissarsi sui suoi, sebbene come non vedendolo. Una o due volte che Brusio non incontrò quello sguardo, fu triste, e quasi dispettoso di se medesimo. Una volta, l'ultima, in cui gli parve accorgersi che, lui oltrepassato di uno o due passi, ella, parlando all'uomo a cui dava il braccio, verso di cui si piegava sorridendo con una grazia affascinante, avesse rivolto a metà il viso verso di lui e che un lampo partito da quegli occhi lo cercasse, egli fu ebbro... felice di una sensazione nuova, strana, che non sapea definire, della quale avea quasi paura, poiché non poteva giustificarla.

Ritornando per lo stesso viale la cercò invano cogli occhi da lungi... Giunse in capo al viale: era deserto... La cercò per tutta la *Marina*, come se in quella folla elegante ed animatissima avesse dovuto discernere in mezzo a mille *colei* al solo riflesso azzurrognolo dei ricci che ombreggiavano la sua fronte fin quasi sulle sopracciglia, al solo movimento della sua piccola testa che sembrava inchinarsi come un giunco sul collo sottile e ben modellato; era partita...

Che voleva egli? Che cercava da quella donna, di cui il lusso, il corteggio, l'adulazione era l'atmosfera in cui viveva; che gli uomini più ricchi, più eleganti, più nobili si fermavano ad ammirare, senza che ella mostrasse avvedersene; che tre o quattro volte l'avea guardato come si guarda un fanciullo, un albero, un oggetto qualunque che s'incontri?... Nemmeno egli lo sapeva in quel punto; egli avrebbe arrossito di confessarsi la premura che prendeva per colei che dovea essere sempre un'estranea per lui.

Cinque minuti dopo riprese il braccio di Raimondo, dicendogli:

«Andiamo via!».

«Così presto?»

«Non ti annoi a morte qui stassera?... Non c'è alcuno!»

Raimondo guardò attorno, come trasognato, perché giammai la *Marina* di Catania avea offerto una riunione più bella; e domandò ingenuamente: «Sei pazzo?... Tu stesso un quarto d'ora fa mi dicevi esser deliziosa questa serata... qui...».

«Sarà vero anche ciò, come è vero che ora mi annoio... e se vuoi rimanere ti dico addio.»

E gli stese la mano come per congedarsi.

«Un momento... ecco! giunge in quel viale a sinistra Maddalena. Guardala almeno una volta.»

«Che m'importa di Maddalena a me!... Guardala tu, se vuoi... Addio!»

E dopo quella brusca separazione partì di buon passo e si diresse verso la sua abitazione per via Garibaldi.

Però giunto alla crocevia della Vittoria sembrò esitare un momento, e proseguì a camminare sin fuori Porta Garibaldi. La notte era magnifica, Pietro sedette sul sedile di pietra circolare che limita la gran piazza.

«È strano», mormorò egli, «come stasera non ho voglia né d'andare a casa, né di rimettermi alle mie tesi!...»

E rimase altri cinque minuti in silenzio, collo sguardo fosco e fisso sui ciottoli del marciapiede.

«Andiamo!», esclamò quindi levandosi, e come facendosi forza, «devono essere le undici, e mia madre a quest'ora mi attende.»

Guardò il suo orologio e si diresse lentamente verso la sua abitazione.

La signora Brusio, coll'occhio della madre, osservò che il suo Pietro, quella sera, era più pallido e distratto del solito; e che, invece di rimettersi a studiare, si ritirò, appena giunto, nella sua camera.

L'indomani Raimondo, verso le undici, si disponeva ad uscire, quando Pietro entrò da lui nella camera che occupava all'Albergo di Francia.

«Buon vento!», esclamò Raimondo sorpreso da quella visita che non si aspettava più da un mese; «ci son novità stamattina?»

«Quali novità vuoi mai che ci sieno?»

«Per bacco! ti credeva sui *digesti* a quest'ora; ed eccoti già a correre per le strade come uno sfaccendato.»

«È che lo sono. Avrò sempre il tempo di finire le mie tesi, ed ero una gran bestia a prenderla tanto sul criminale; infine ne vengono approvati tanti più asini di me!... Usciamo.»

«Usciamo pure. Hai fatto colazione?»

«Non ci penso; mi sento in vena di passeggiare.»

«Con il caldo che fa non è la miglior cosa.»

«Andiamo alla Villa.»

«Sia per la Villa.»

E i due amici uscirono, tenendosi, al solito, a braccetto.

«A proposito della Villa, sai dove abita quella signora piemontese tanto distinta che abbiamo incontrato qualche volta?»

«No... dove?»

«In quella bella casa sulla stada Etnea: della quale i veroni si vedono dal *Laberinto*.»

«Dici davvero?!», esclamò Brusio animandosi quasi suo malgrado, e fermandosi in mezzo alla strada.

«Verissimo.»

«E tu l'hai veduta?»

«Io stesso.»

«Proprio lei?...»

«Proprio lei!... Ma che diavolo!... Ne saresti innamorato?...»

«Mi credi forse pazzo da legare?», rispose Pietro con un sorriso che dissimulava appena la contrarietà che gli arrecava quella domanda.

«Perché poi?»

«Perché amarla io, sarebbe una disgrazia: amarmi ella, assurdo.»

«Mi piace questa modestia da venticinque soldi.»

«È modestia che vale amor proprio»; rispose Pietro piccato, «prendila come vuoi.»

«Eppure, vediamo»: insisté Raimondo attaccandosi al braccio del suo amico, «immaginiamoci che per un capriccio, una fantasia, un *destino*, secondo te, questa donna si innamori di te; immaginiamoci ch'ella te lo dica, come lo dicono le donne quando vogliono, facendotelo comprendere, cioè, cogli occhi, col gesto, coll'atteggiamento... Ebbene! allora saresti il Catone del momento?...»

«Impossibile!», esclamò il giovane tristamente, come se avesse creduto un momento a quel sogno e si fosse poi accorto ch'esso era troppo bello e insieme penoso per lui.

«Perché?»

«Perché colei è vana, orgogliosa, come lo dimostra il fasto di cui si circonda. Soltanto potrebbe impressionarla la bellezza, l'eleganza, la nobiltà, la ricchezza, il lusso... cose tutte che non posseggo. Dunque o costei è maritata, e non amerà giammai un Don Giovanni in ventiquattresimo che si chiama semplicemente Pietro Brusio; o è mantenuta, e non possederò mai abbastanza per pagare i suoi fiori per un anno; o è zitella, e non sposerebbe certamente l'uomo oscuro, comune, che non ha tanto da farla vivere in quel lusso nel quale vive, e che le è necessario, indispensabile per essere quella che è. In tutti questi casi io dovrei dunque essere vile per amarla, o dovrei comprare il suo amore a prezzo di qualche infamia.»

«Ben pensato e ben ragionato! ciò che, in parentesi, ti avviene assai di rado. Vogliamo far colazione al Caffè di Parigi?»

«No; andiamo al *Laberinto*.»

Raimondo guardò il suo amico di uno sguardo scrutatore e quasi beffardo.

«Ti fo riflettere che non ho ancor fatto colazione; abbi dunque la bontà di concedermi dieci minuti.»

I due amici entrarono dai Fratelli Guerrera. Mezz'ora dopo erano alla Villa.

Faceva molto caldo. Il *Laberinto* era delizioso colle sue ombre profumate di fior d'arancio. I due sedettero all'ombra, e quasi contemporaneamente alzarono gli occhi sui veroni della casa, sebbene alquanto distante, che Raimondo avea indicato come l'abitazione della *Piemontese*.

Le tende di giunco erano abbassate sulle ringhiere, quantunque il sole non vi giungesse ancora, forse per dare alquanto più d'ombra agli appartamenti; e dietro una di quelle si vedeva una figura di donna, vestita di bianco, quasi coricata su di una poltroncina con tutto il languente e voluttuoso abbandono di una sultana; a quella vista il cuore di Pietro batté forte, come la sera innanzi.

«È dessa!», disse Raimondo, «vedi che non t'ingannavo!...»

Pietro non rispose, tenendo sempre fissi gli occhi sul verone.

Ella si toglieva soltanto a lunghi intervalli da quella positura per recarsi agli occhi un binocolo che teneva sui ginocchi e col quale guardava nella strada o verso la Villa; ed indi, come stanca di quello sforzo, lasciava ricadere mollemente la testa sulla spalliera, e sembrava assorbirsi in quell'inerzia contemplativa che gli orientali cercano nell'oppio.

Un uomo, seduto accanto a lei su di una seggiola assai bassa, le leggeva qualche cosa di un giornale che teneva fra le mani, e che ella udiva sbadatamente; e s'interrompeva di tratto in tratto per prendere una mano di lei, che gliela abbandonava con la stessa languida indifferenza, e che lo ringraziava col suo sorriso seduttore, e col suo sguardo che faceva scorrere un'onda di voluttà in quell'uomo, quand'egli si recava alle labbra la sua mano.

Allora solamente la sua leggiadra testolina, coronata da quei ricci magnifici, si volgeva lentamente verso di lui.

Qualche volta, con un movimento tutto infantile, quella manina bianca ed affilata si appoggiava alla ringhiera, e sopra vi appoggiava la fronte; quasi quel bellissimo collo fosse troppo debole per sostenere quella piccola testa.

«Con questa donna ci sarebbe da impazzire!», esclamò Pietro reprimendo un fremito, dopo averla divorata a lungo dello sguardo.

«Credi che sieno marito e moglie?», domandò l'altro.

«È il mistero che questa donna sa rendere impenetrabile colle sue mille indefinibili gradazioni di fisonomia, d'espressione, di gesto, che fanno spesso dimenticare la sirena nella vergine, e viceversa. Se lo sono, è da poco tempo: a meno che costei non senta ancor ella sì a lungo, come deve far sentire a tutti quelli che l'avvicinano.»

Parecchie volte, forse a caso, l'occhialetto dell'incognita si rivolse verso il banco di pietra sul quale erano seduti i due amici.

«Ti guarda!», disse Raimondo sorridendo.

«O guarda i passeri che saltellano fra le fronde. Credi sul serio ch'io ne sia innamorato?»

«Ne parli tanto!...»

«Diffida sempre di quegli amori di cui ti si parla a lungo e sì leggermente: è segno certo che si vuol ridere alle tue spalle... Io l'amo come un bel personaggio da dramma o da romanzo, come un bel fiore... come una bella donna prima venuta insomma... che sa recare con grazia il velo sul cappellino e sollevare con disinvoltura lo strascico della veste... e nient'altro... In fede di che, se vuoi, andiamocene; sono le due meno dieci minuti», aggiunse dopo aver consultato l'orologio.

«Sì, è troppo tardi; siamo qui da più di due ore», rispose il biondo alzandosi.

Egli sorprese lo sguardo del suo amico, che ancora restava fissato sul verone.

«Vuoi venire, o no?»

«Un momento... restiamo altri dieci minuti e partiremo alle due precise...»

«Non amo gli inglesi colla loro metodicità regolata sul quadrante di un orologio... Hai detto d'andarcene...»

«Hai ragione»; rispose Brusio ridendo, «partiamo.»

Due o tre volte, prima di uscire dal giardino, si volse a guardare il verone, sul quale non poteva più vedere che la tenda abbassata.

«Bella donna!», ripeteva egli di tempo in tempo, con un entusiasmo ch'era troppo allegro per non essere affettato, e troppo affettato per non nascondere una preoccupazione: *«quanto io t'amo!»*.

III

Il dopopranzo, e l'indomani, e tutti i giorni in seguito, la Villa divenne la passeggiata preferita di Pietro, che vi conduceva il suo amico, il quale protestava sempre e finiva sempre col cedere.

Allo stesso verone, quasi ogni volta nella stessa positura e vestita di bianco, essi vedevano la *Piemontese*, come l'aveva sopranominata Raimondo, che vi restava da mezzogiorno spesso sino alle 3 e dalle 7 alle 8.

Una sera l'incontrarono che andava al Caffè di Sicilia, accompagnata dal signore biondo.

«Se andassimo al caffè?...», disse Pietro, come per esservi incoraggiato dal suo amico.

Dalla soglia la videro seduta ad un tavolino, al fianco del suo compagno, mentre due ufficiali dei Cavalleggieri Alessandria le prodigavano tutte le delicate attenzioni di chi vuol fare la corte ad una signora. Ella sembrava appena badarvi; ma rispondeva qualche volta col suo solito sorriso grazioso, che mostrava i suoi bellissimi denti di perle.

Il giovane dalla barba nera, che Pietro avea veduto una volta con lei alla *Marina*, veniva dall'altra sala del caffè, e fermandosi dinanzi al tavolino dov'era ella si levò il cappello, aspettando d'esser salutato.

Siccome nessuno gli badava, egli girò con tutta flemma sui talloni ed uscì.

Pietro prese il braccio del suo amico, e lo trascinò via, mormorando: «È meglio che non entriamo!...».

«Dove andiamo?», domandò qualche minuto dopo, come se cercasse una distrazione.

«Dove ti piace. A proposito... potremmo approffittare dell'invito dei signori A***, che abbiamo per stassera.»

«Vi si balla?»

«Sì.»

«Andiamo, in tal caso! M'immaginerò di ballare colla mia bella Piemontese»; aggiunse Brusio, forzando le labbra ad un sorriso.

Essi furono accolti con festa dall'allegra brigata che era radunata nel salone. Pietro sedette al pianoforte e suonò un valtzer, che otto o dieci coppie ballarono.

«Vi lasciaste molto aspettare, signorini!», disse in tuono di scherzevole rimprovero una graziosa giovanetta, figlia del padrone di casa e maritata ad un cugino di Raimondo, appena Pietro andò a raggiungere sul divano il suo amico, ch'era seduto vicino alla signora.

«È che Pietro, qui presente, è innamorato cotto; e abbiamo fatto la ronda alla bella»; disse Angiolini ridendo.

«Davvero!... Non mi sorprende in lei, signorino, questa novità [Si sa che bel modello!...] E chi sarebbe questa sventurata?...»

«Parola d'onore, signora, che lo sventurato son io, almeno sta volta»; rispose Pietro.

«Lei?!... È da ridere!... E di chi sarebbe innamorato, s'è lecito?»

«Molto lecito, al contrario! Giacché non ho il bene di conoscerne neanche il nome...»

«Ed ella conosce lei, almeno?»

«No.»

La signora diede in uno scoppio di risa.

«E l'ama, a quanto dice?»

«Come un pazzo!»

«Dove l'incontra?»

«Qualche volta al passeggio, o alla *Marina*... E poi so dove trovarla...»

«Dove?»

«A casa sua...»

«Dunque va in casa?»

«No; dal verone.»

«Ah! è amore da verone!», esclamò la giovane ridendo sempre più come una folle; «e dove abita questa meraviglia?»

«Al *Rinazzo*, vicino il *Laberinto*.»

«Nella casa ***?»

«Precisamente.»

«Una giovane alta, sottile, molto elegante... non tanto bella in verità?»

«Può essere... ciò è relativo...»

«È forestiera?»

«Forestiera. Credo sia piemontese.»

«La conosco.»

«Sul serio?»

«So il suo nome, almeno potrò insegnarglielo e non farle fare più la figura dell'*amante della luna*.»

«Come si chiama?»

«Si chiama Narcisa Valderi.»

«Narcisa!... bel nome; si direbbe averlo ricevuto a vent'anni! E la conosce molto?»

«Cioè... non molto. Sono stata in sua casa due o tre volte.»

«Mi parli di lei... a lungo!...»

«Ella finge di scherzare, signorino, ma ha lo sguardo troppo acceso per dissimulare che quello che dice lo sente davvero.»

«Sì, è vero!... Ma se le giuro che l'adoro, colei!...»

«L'ha veduta da vicino?», domandò in tuono quasi derisorio la giovane.

«Sì.»

«È tutta toletta!...»

«Io amo appunto in lei questa toletta, questo lusso, questo apparato brillante e vaporoso in cui la farfalla mi fa dimenticare il bruco.»

«Via, via... vedo bene che scherza...»

«Dica dunque...»

«Ella si alza alle dieci o alle dieci e mezzo; prende un bagno di cui i profumi costano ciascun giorno otto o nove lire; e poi si mette allo specchio, ove impiega da un'ora e mezzo a due ore per l'abbigliamento della mattina, da due a tre per quello della sera, e da tre a tre e mezzo e spesso sino a quattro per la toletta da ballo o da teatro... È sorprendente... miracoloso, come una donna possa star tanto ad appuntarsi gli spilli!...»

«Ammirabile!... Avanti.»

«Dopo la toletta viene la colazione: ella ha l'affettazione di mangiare pochissimo, ma i suoi cibi costano un occhio del capo, in compenso; indi si mette al pianoforte, o al verone, sdraiata su di una poltroncina, e vi resta, spesso dormendo, sino all'ora di pranzo. Suo marito...»

«Un uomo di quasi 38 anni, alto e biondo?»

«Sì, il conte di Prato; lo conosce?»

«Me l'immagino.»

«Suo marito l'ama alla follia; passa i giorni al suo fianco, scherzando coi suoi capelli, e guardandola coll'occhialetto faccia a faccia.»

«Ed ella?...»

«Ella gli sorride... e chiude gli occhi come se temesse di fargli perdere la testa seguitando a guardarlo com'ella fa.»

«In fede mia!... credo che n'abbia ben ragione!...»

«Questi dettagli li ho risaputi da una mia amica che abita dirimpetto alla casa della contessa...»

«*En place pour la quadrille!*», fu gridato.

Pietro si alzò e prese il cappello.

«Se ne va, così presto!»

«Sì; devo andare a finire le tesi...»

«O a passare una mezz'ora sotto le finestre della bella?...»

«Sarebbe agire da stolido, almeno, dopo quanto ella mi ha detto.»

Ed il giovane sorrise del suo sorriso che si sforzava di rendere allegro mentre era amaro.

Per andare a casa sua prese la strada che a lui parve la più corta, passando cioè dal *Rinazzo*.

Nella casa della contessa non c'era lume. Pietro si fermò a guardare in silenzio quei veroni oscuri, poscia chinò la testa sul petto con un sospiro, mormorando: «Stassera al teatro si dà un dramma molto in voga... È al teatro certamente... ella...».

Indi, come vergognandosi di questo monologo, scrollò le spalle con dispetto ed affrettò il passo.

«Andiamo a teatro stassera?», disse a Raimondo l'indomani appena furono assieme.

«Andiamoci, se così ti piace. E le tesi?»

«Dormiranno anche stassera. Avrò sempre il tempo di finirle.»

Alla piazza della Cattedrale incontrarono un amico che si fermò a discorrere con loro.

«Andrete a teatro stassera?», domandò egli.

«Perché questa domanda?»

«Perché si darà una bellissima commedia nuova e ci verrà tutta Catania.»

«Ci sarò allora... poiché in tal caso verrà anche la mia bella»; disse Pietro scherzando.

«Ah!... Ah!... la tua bella di numero... Non so più a qual numero sii... buona lana!»

«Sul serio; sono innamorato come uno stolido.»

«E di chi?»

«Di una signora ch'è una maga... involta fra i merletti e i velluti..., della quale so il nome da ieri soltanto.»

«La contessa di Prato?»

«La conosci?»

«Per bacco! Al ritratto che ne fai... non c'è altra qui che possa appropriarselo.»

«È veritiero però questo ritratto?»

«Perdio!... E tu l'ami, costei?!...»

«Non so quello che farei per una parola di quella donna...»

«Non ci sarebbe bisogno di far tante cose; basterebbe farti amico con suo marito... ed anche col suo amante; ed uno di questi due ti presenterebbe... il resto verrebbe da sé.»

«Amante!», esclamò Pietro impallidendo suo malgrado mentre cercava di sorridere; «ah! c'è dunque un amante?».

«Pel momento però... bada!... A Napoli sembra che sieno stati più d'uno; ciò che diede luogo a molti scandali, che finirono con un duello in cui il marito ruppe, con una sciabola, il braccio ad uno dei più indiscreti.»

«E ciò non è bastato?»

«Ella fa quello che vuole di quest'uomo che comanda col gesto del suo dito mignolo; e che ha il coraggio di andare a battersi in duello mentre non osa fare la minima rimostranza alla moglie. È la storia di molti mariti.»

«E quel giovane bruno, dalla barba nera, che l'accompagna spesso?...»

«È l'amante di cui ti parlavo.»

«Che peccato!», esclamò Pietro fatto pensieroso.

«Fatti presentare», insisté Antonino.

«Io!...», esclamò, con un accento indefinibile di stupore, Pietro.

«Sì; tu sarai il secondo dei suoi adoratori presenti, senza calcolare gli assenti... Perdio! perché ti fai triste?... ne saresti innamorato sul serio?...»

«Sei tanto ingenuo da crederlo?»

«Fatti presentare allora.»

«Sarebbe inutile.»

«Chi lo sa!»

«La mia condizione mi proibisce di averla a prezzo di una viltà, e non ho danari bastanti per mettermi nel numero di questi signori che le fanno la corte... Del resto sento che non son fatto sul loro stampo... poiché non saprei amarla in comune, com'essi fanno...»

«Dimenticala dunque.»

«Non ci ho mai pensato che come uno scherzo.»

«A rivederci stassera.»

«Addio.»

Alle nove e mezzo i due inseparabili amici erano alla porta del teatro, in mezzo alla folla dei giovanotti che fumando stavano ad osservare le signore che scendevano dalle carrozze.

La recita era cominciata da cinque minuti. I giovanotti erano entrati a prender posto. Raimondo strepitava, tentando di trascinare l'amico, poiché protestava di non voler perdere la prima scena. L'ultima carrozza avea deposto l'ultima signora sul marciapiede, e Brusio non si muoveva ancora.

Raimondo finalmente perdé la pazienza e lo lasciò solo per entrare in platea.

Poco dopo le dieci si udì il rumore di una carrozza che si avvicinava; ed il solo orecchio di Pietro poté distinguere che il passo dei cavalli non avea l'uniforme regolarità di quello dei cavalli signorili.

«Una carrozza da nolo... è la sua!», mormorò egli appoggiandosi alla porta.

La carrozza si fermò infatti alla prima porta, ov'egli si trovava, ed un uomo, nel quale Pietro riconobbe il conte, saltò il primo a terra, per dare la mano alla signora che accompagnava.

Brusio istintivamente fece un passo in avanti.

La contessa appoggiò appena alla mano del signor di Prato la sua mano da ragazzina coperta dal guanto bianco; mise lentamente il piede, che sembrava appena accennato nel suo stivalettino di raso, sul predellino, e saltò sul marciapiede. Con una perfezione di grazia assai distinta, ella tirò con sé il lungo strascico della sua veste di seta *granadine*, per impedire che, rialzandosi nello scendere, scoprisse più del basso della sua gamba sottile e ben modellata. Soltanto, non potendo, nel tempo istesso, raccorre il *bóurnous* che le copriva le spalle, questo, nel momento in cui curvava fuori dello sportello la sua testolina ornata di fiori, le scivolò per le spalle e per gli omeri nudi di un'abbagliante bianchezza.

Quell'uomo che, solo e fermo sull'ingresso, dimostrava chiaramente di attendere qualcheduno, mentre tutti erano dentro il teatro, le recò forse sopresa, poiché, passando dinanzi a lui, mentre raccoglieva le pieghe della sua veste perché non lo sfiorassero, ella alzò un momento gli occhi su di lui.

Indi, come infastidita da quello sguardo scintillante che s'incrociava col suo e che sembrava assorbirne tutto il fluido, ella si volse un istante verso il conte, che dava alcuni ordini al cocchiere, prima di salire le scale del corridoio.

Vi fu un momento, quando un lembo del leggerissimo tessuto di quella veste strisciò sui suoi abiti, che le gambe di Pietro tremarono.

Pochi minuti dopo egli si diresse lentamente verso la platea. Entrando, il riflesso dei cristalli di un occhialetto fisso sulla porta colpì i suoi sguardi. Alzò gli occhi su quel palchetto della prima fila da dove partiva quel raggio, e vide la contessa che abbassava lentamente l'occhialetto, appoggiandolo, col braccio disteso, sul velluto del parapetto, mentre lo fissava ancora ad occhio nudo, quasi con curiosità: aveva voluto conoscere certamente, per una bizzarrìa da donna elegante, quest'uomo che aspettava sull'ingresso, tre quarti d'ora dopo alzata la tela.

Pietro cercò il suo posto e sedette quasi dirimpetto alla loggia della contessa.

La commedia fu applauditissima; ma Pietro non applaudì giammai, poiché soltanto alcuni squarci attrassero la sua attenzione; e in quegli squarci, quando il suo cuore provava potentemente quello che aveva sentito l'autore, egli rivolgevasi, senza accorgersene anche, verso il palchetto di Narcisa, e cercava negli occhi di lei l'eco di quello che egli provava nel suo cuore.

La contessa voltava le spalle alla scena; e solo di tratto in tratto, in quei momenti che avevano il potere di strappare Pietro alle sue frequenti preoccupazioni, ella volgeva i suoi limpidi occhi verso gli attori. Del resto ella discorreva qualche volta con i numerosi visitatori che occupavano successivamente le seggiole del suo palchetto; e pochissime volte si servì dell'occhialetto per esaminare le tolette delle signore. Giammai però l'abbassò verso la platea.

Nel suo sguardo, nel suo gesto, nella sua attitudine, fin nel modo in cui parlava e sorrideva qualche volta con quei signori che le tenevano compagnia, c'era un'indefinibile espressione di stanchezza e di noia, che si traduceva in sfumature molli, in pose voluttuosamente accidiose.

L'occhialetto di Pietro stava quasi sempre fissato su quella loggia. Due o tre volte, ella, sorpresa di quella molesta assiduità, volse gli occhi verso quel binocolo che aveva l'indiscretezza di guardarla sì a lungo dalla platea. Una volta infine alzò lentamente il suo, e bruscamente, senza quelle transazioni che sono assai comuni in teatro per mascherare il vero scopo, ella lo fissò di contro a quello del giovane che si abbassò subito.

Ella rimase alcuni secondi in quella positura; indi lasciò quasi cadere sul parapetto il binocolo, e fece un leggiero movimento di spalle d'impazienza.

Prima che terminasse la recita Brusio lasciò il suo posto e si recò sul corridoio.

Il suo occhio era acceso e brillante; le sue gote, abitualmente pallide, si coloravano di un rossigno febbrile.

Pochi minuti dopo, prima ancora che il sipario fosse abbassato, udì aprire la porta di un palchetto sul corridoio, e dei passi che si avvicinavano, mischiandosi al fruscio di una veste.

La contessa gli passò dinanzi, questa volta allegra e ridente, al braccio di uno di coloro ch'erano stati nel suo palchetto.

Pietro in quel momento avrebbe dato dieci anni della sua vita per uno sguardo di quella donna. Le sue vesti lo toccarono senza che ella mostrasse di avvedersi di lui. Solo il conte si volse a fissarlo con occhio assai cupo e sospettoso.

Il giovane scese le scale quasi insieme a lei; la vide montare in carrozza col conte, dopo aver dato la mano agli altri, e partire.

Egli rimase immobile sul limitare.

«Non vai a casa?», gli disse alle spalle la voce di Raimondo.

«Sì... ti aspettavo per dirti addio...»

«A domani, non è vero?»

«Non lo so... Avrò forse da studiare tutto il giorno...»

E s'incamminò lentamente per la *Marina*.

A due ore del mattino Raimondo si disponeva tranquillamente ad andare a letto, quando fu bussato con furia alla sua porta.

«Chi può esser a quest'ora?», disse fra sé il giovane sorpreso andando ad aprire.

«Son io, Raimondo... son io! Aprite, di grazia!», udì la voce della signora Brusio, quasi delirante dietro la porta.

«Che c'è, signora?... Dio mio!... ella mi spaventa!», esclamò il giovane introducendo la madre del suo amico nella sua camera.

«Pietro!... Dov'è Pietro? Dov'è mio figlio, signor Angiolini?», disse la povera madre colle lagrime agli occhi.

«Pietro non è in casa?», domandò Raimondo vieppiù sorpreso.

«Son due ore del mattino e mio figlio non si è ancora ritirato... Ho mandato il domestico a cercarlo al teatro, e ritornò dicendo che il teatro era chiuso da un pezzo, ma che sulla porta era avvenuta una rissa fra alcuni giovanotti; che vi erano stati dei feriti e degli arrestati... Mio Dio!... gli sarà accaduta qualche disgrazia!... Dove lo lasciaste voi?...»

«Ci separammo all'ingresso del teatro, e mi disse che andava subito a casa... Ma io non so nulla di risse...»

«Dio!... Dio mio!...», singhiozzò la madre torcendosi le braccia, «come farò, Dio mio, come farò!... Son sola, signor Angiolini, son sola!... Mio figlio!... chi sa cosa n'è di mio figlio!... Aiutatemi; corriamo all'ufficio di Questura a prendere informazioni...»

«Non si disperi, signora; spero ricondurle Pietro al più presto, senza alcun accidente. Abbia la bontà di aspettarmi qui.»

Raimondo, indossato in fretta un abito, prese il cappello ed uscì.

Dando campo ad un sospetto che gli era balenato in mente mentre la signora Brusio si disperava per l'inusitata e straordinaria tardanza del figlio suo, e per la notizia che il domestico le avea rapportato, egli si diresse per la strada Stesicorea ed indi per quella Etnea, verso la casa ove abitava la contessa di Prato. Giungendo sotto i veroni, sul marciapiede di faccia, gli sembrò di vedere qualche cosa di nero immobile sul lastrico.

Si avvicinò esitante e lo chiamò per nome a bassa voce.

«Che vuoi?», rispose una voce rauca e ancora tremante, come se inghiottisse delle lagrime, che Raimondo avrebbe stentato a riconoscere, nel suo accento duro e quasi cupo, se gli fosse stato meno famigliare.

Si appressò ancora, e vide il suo amico seduto sullo scaglione del marciapiede, coi gomiti sui ginocchi e il mento fra le mani.

«Tu qui!... a quest'ora!», esclamò Raimondo.

«Che vuoi, ti dico?!», replicò con maggiore asprezza Pietro. «Non son forse più padrone di fare quello che mi piace?!...»

Raimondo capì che quello non era il momento di parlare al suo amico; e sospirando tristemente, poiché allora soltanto scoperse lo spaventoso abisso del precipizio su cui egli si cullava, sedette silenzioso al suo fianco.

Pietro rimase muto, come non avvedendosene, cogli occhi di una sorprendente lucidità, fissi sul lume che brillava dietro le tende di seta del verone.

Qualche volta, a lunghi intervalli, egli trasaliva, ed una gocciola, come di sudore, che partiva dall'orbita, luccicava un momento solcando le sue guance. Ad un tratto egli afferrò con violenza il braccio di Raimondo!

«Guarda!... guarda anche tu!», diss'egli con la voce stridente ed interrotta del delirante o del pazzo.

E si alzò, come se avesse voluto elevarsi sino al verone per meglio osservare.

«Io non vedo niente», mormorò Raimondo che si fregava gli occhi inutilmente.

Pietro, senza rispondergli, gli porse la busta del suo occhialetto che trasse dalla saccoccia del *soprabito*.

«Guarda, ti dico!... c'è da diventar pazzo!»

Coll'aiuto dell'occhialetto Raimondo vide la contessa, presso le tende del verone, di cui le invetriate erano aperte, sdraiata, nella sua favorita posizione languida e voluttuosa, su di una poltrona, ancora colla veste del teatro, coi capelli ancora intrecciati di fiori; ed un uomo, il conte, ritto dietro la spalliera della poltrona, che si chinava verso di lei, e le divideva coi baci i ricci da sulla fronte. Ella gli sorrideva del suo riso da sirena; e di quando in quando, allorché il conte rimaneva come stordito nel fascino di quelle seduzioni mirabili di voluttà, ella gli prendeva le mani colle sue manine affilate e bianchissime, e se ne lisciava la fronte, e le nascondeva fra il setoso volume dei suoi capelli, e se le posava sugli occhi e sulle labbra, ma lentamente, con quel suo abbandono ch'era irresistibile, come se avesse voluto dare il tempo a tutte le emanazioni inebbrianti che scaturivano dai suoi pori di penetrare in lui sino al midollo delle ossa.

Raimondo, quasi spaventato, pel suo amico, da quella vista, fu scosso dai singhiozzi di lui che prorompevano soffocati come singulti; e, riponendo tristamente nell'astuccio l'occhialetto, disse col tuono di chi prende una risoluzione:

«Via, Pietro, è tempo di partire! Tua madre ti attende a casa mia!».

«Mia madre!...», esclamò il giovane con un sussulto che dimostrava come quella corda vibrasse ancora potentemente nel suo cuore, mentre tutte le altre erano allentate e sconvolte.

«Sì, tua madre, spaventata dalla tua estraordinaria tardanza, che ti cerca da me come una pazza.»

«È tanto tardi dunque?», domandò egli come parlando in sogno.

«Son le tre fra poco.»

«Non credevo fosse sì tardi... Hai ragione, andiamo via... bisogna essere uomini!»

Poscia si fermò in mezzo alla strada, quasi non avesse avuto la forza di staccarsi da quel punto.

«Ben dicesti: bisogna essere uomini e non fanciulli!», replicò Raimondo, dando al suo accento la possibile espressione e trascinandolo in qualche modo per forza, mentre Pietro si lasciava condurre a capo chino come un ragazzo.

IV

Quando entrarono nell'Albergo di Francia, dove li aspettava la signora Brusio, questa corse ad abbracciare suo figlio con tutta l'effusione di un cuore di madre; ma rimase senza osarlo, colle braccia aperte, dinanzi allo sguardo fosco e alla fisonomia cupa ed irritata del figlio suo.

«Credevo», disse questi aspramente, «di non essere più all'età di uno scolaretto che si manda a cercare se ha fatto tardi nel ritornare da scuola...»

La madre fu dolorosamente colpita da quelle parole, le sole che avesse udite in tal modo da quel figlio che l'idolatrava. L'istinto materno fu atterrito dallo stato di quel giovanetto che in un'ora avea potuto dimenticare siffattamente il culto che nutriva della madre, e risponderle in tal guisa.

«Andiamo, figlio mio, le tue sorelle ci aspettano...», diss'ella tristamente, ma evitando di inasprirlo; «grazie, signor Angiolini!...»

S'incamminarono verso casa; e la madre osservò sospirando che il figliuolo non le offriva il braccio, e camminava cupo, ed anche indispettito al suo fianco.

Sulla scala corsero ad incontrarli le due sorelline ancora pallide e singhiozzanti, che gridavano:

«Mamma! mamma!... L'hai trovato?... È qui il nostro Pietro?!...».

Le loro festanti esclamazioni furono interrotte dalla voce dura del fratello.

«Per l'avvenire», esclamò questi, cercando di dare la possibile moderazione alla sua voce tremante d'irritazione, «spero che le mie tardanze non daranno più luogo a simili scene da teatro... che mi costringerebbero a cercare altrove la pace e la libertà di cui ho bisogno... che son deciso ad avere... Datemi la doppia chiave della porta, onde non dia più occasione ad attendermi domani, e facciamola finita!...»

E senza neanche prendere il lume, si chiuse nella sua camera, sbattendone l'uscio con impeto.

«Povero figlio mio!», singhiozzò la desolata madre, abbracciando piangente le sue figlie: «ecco le prime lagrime che mi fai versare!».

Pietro passeggiò per la camera alcuni minuti, agitato e smanioso; poscia si fece al verone.

La calma serena di quella notte d'estate, il fresco venticciuolo che gli asciugava il sudore sulla fronte lo calmarono alquanto; egli pensò alle lagrime di sua madre ed odiò se stesso come giammai aveva odiato.

«Son vile!... sì, son vile!...», esclamò strappandosi i capelli. «Oh! la testa... Dio mio!...»

Aprì l'uscio della sua camera senza far rumore, e camminando leggero leggero andò ad origliare dietro la bussola della camera di sua madre, onde vedere se dormiva.

La signora Brusio era ancora in piedi quando suo figlio aveva aperto l'uscio, ascoltando ansiosamente il più lieve rumore ch'egli facesse, e che potesse farle indovinare lo stato del cuore di lui; appena udì che si avvicinava capì, con l'istinto materno, che suo figlio pentito veniva a vedere se ella dormisse; e l'istinto materno le suggerì anche che l'unico perdono che egli poteva desiderare nel suo pentimento era che sua madre riposasse. Ella si gettò sul letto, e finse di dormire.

Pietro ascoltò, dietro il paravento, il respiro alquanto accentuato di sua madre; credette che dormisse davvero, e non poté frenare le lagrime che gli scorrevano ardenti sulle guance: lagrime di pentimento, di rabbia contro se stesso, di terrore dell'avvenire (che allora soltanto intravedeva) per ciò che provava.

«Povera madre!», esclamò singhiozzando; «povera madre mia!».

E la madre udì quei singhiozzi, e soffocò i suoi fra i guanciali.

Pietro si ritirò in punta di piedi, com'era venuto; e si rimise al verone.

Colla fronte fra le mani, ed i gomiti appoggiati alla ringhiera, egli si assopì in quel vortice luminoso e turbolento che il cuore e l'imaginazione gli creavano, e dove vedeva un'ombra, dove una figura, ora vestita di bianco, ora quale l'avea veduta poche ore innanzi... carezzantesi la fronte ed i capelli con le mani di quell'uomo... Quando, abbarbagliato da una luce vivissima, egli alzò gli occhi, si avvide con sorpresa che il primo raggio di sole facea scintillare i vetri.

«Diggià!», mormorò egli: «il giorno vien presto al presente!...».

Sua madre, entrando la mattina nella camera di lui, osservò con dolore che il letto era intatto, come era stato acconciato la sera innanzi.

«Madre mia!», le disse il giovane prendendole una mano, in tuono di pentimento del passato ma risoluto ad ottenere quello che domandava, «ti chiedo perdono di quello che ho detto e fatto ieri... Ma ti prego di lasciarmi per l'avvenire alquanto più di libertà, che l'età mia ora richiede...».

«Fa come vuoi, figlio mio...», rispose la madre abbracciandolo. «Io non temo che tu ne possa abusare, poiché sei figlio di un uomo onesto e manterrai onorato il nome che ti diede. In quanto a me...», e la povera donna sospirava tentando di sorridere, «in quanto a me cercherò di vincere le mie sciocche paure...»

«Grazie, grazie, buona madre!...», esclamò Pietro facendo uno sforzo per non bagnare di lagrime quella mano che baciava.

Però ogni sera quella madre, che numerava coi battiti del suo cuore i minuti che suo figlio tardava a venire, aspettava, sino alle due, e spesso sino alle tre, che il noto passo le annunziasse da lungi, nel silenzio della strada, ch'era *lui* che veniva; e piangeva sovente, quando, invece di mettersi a letto, lo udiva passeggiare per la camera, o farsi al verone; e l'indomani, dopo avere interrogato sospirando il letto, spesso colle lenzuola ancora rimboccate, cercava negli occhi smarriti del figlio e nei suoi lineamenti pallidi e sbattuti la risposta ai vaghi timori che l'agitavano. Pietro, che ogni mattina pel passato soleva informarsi della salute di sua madre, non s'accorgeva nemmeno del pallore di lei e della sua cera malaticcia.

Raimondo non lo vedeva quasi più. Brusio passava i giorni al *Laberinto*, la sera seguendo la donna che gli aveva ispirato questa folle passione o cercando d'incontrarla al passeggio, (dove lo sguardo di lei qualche volta lo fissava con quel raggio pacato e snervante della sua pupilla cerulea, ciò che faceva delirare il povero giovane, e gli faceva seguire, coll'occhio ardente e le membra convulse, quella veste fluttuante che armonizzavasi sì mirabilmente ai movimenti pieni di seduzione del corpo da fata) o al teatro dove la vedeva splendere di tutto il prestigio del suo lusso, profumata da quel vapore inebbriante che recano la bellezza, la giovinezza, la ricchezza; facendo scintillare la luce del suo sguardo insieme al riflesso dei suoi diamanti; armonizzando la bianchezza vellutata e purissima della sua pelle alla bianchezza pallida delle perle che le cingevano il collo bellissimo; spesso allegra e ridente cogli uomini più eleganti e più alla moda, appartenenti alla migliore società, che si contendevano un posto nel suo palchetto; spesso a metà nascosta nell'angolo più oscuro della loggia, colla testolina ricciuta e coronata di fiori e di gemme rovesciata all'indietro sulla parete, con quell'attitudine abbandonata cui ella sapeva dare tutto quanto vi ha d'attraente nella mollezza, d'irresistibile nel languore; e vi stava ad occhi chiusi, come dormendo ed assorbendo con maggior squisitezza di voluttà le armonie della musica che avevano il potere di commuoverla dippiù.

Egli passava la notte sotto i veroni di lei, coll'occhio fisso su quel lume che rischiarava la sua stanza; aspirando, con terribile voluttà di passione (ch'era tanto potente da sembrare angoscia qualche volta) di gelosia, ed anche di dolore, tutti i rumori più insensibili del suo passo, del fruscio della sua veste, tutte le emanazioni della donna amata, i minimi suoni del suo pianoforte e della sua voce, che spesso parlava al conte di quelle parole, cui rispondeva, come un'eco, un singhiozzo dalla strada.

Egli sapeva l'ora del suo levarsi, della sua toletta, del suo pranzo, della sua passeggiata; conosceva il modo d'ondeggiare delle tende quando ella vi stava dietro, il rumore delle carrucole della poltroncina che la sua mano indolente tirava a sé.

Era un martirio spaventevole che s'imponeva senza saperlo; che l'attraeva però col fascino del precipizio; che alimentava il parossismo febbrile, il quale divorava le sue forze e la sua vita, colle sue triste gioie, coi suoi acri godimenti, coi suoi sogni febbricitanti.

Alcune volte, ritirandosi ella dopo la mezzanotte, a piedi, accompagnata [dal conte e] da due o tre giovanotti eleganti che la corteggiavano, si era rivolta verso quell'uomo, seduto sul marciapiede, che si sarebbe scambiato con un mucchio di cenci; ed il conte avea rallentato il passo per meglio osservarlo. Quando ella si ritirava in carrozza, Pietro osservava, qualche volta, al riverbero dei lampioni della carrozza, che ella, mentre scendeva dal montatoio, si volgeva con curiosità verso l'angolo ove sapeva di dover trovare quello strano personaggio che la prima volta avea supposto un mendico; e che il conte si fermava innanzi al portone qualche minuto per guardarlo.

Una notte, negli ultimi di settembre, verso le due del mattino, Pietro aspettava da un pezzo la contessa che era andata alla serata del prefetto. Il rumore di una carrozza, che si avvicinava al gran trotto, si fece udire da molto lontano per le strade deserte, e poco dopo il legno passò dinanzi al nostro protagonista fermo al suo solito posto. Narcisa ne scese più lentamente del solito, e scomparve quasi subito insieme al conte.

La carrozza ripartì.

Pietro udì il passo leggero di lei che saliva le scale, accompagnato dal passo più pesante dell'uomo che la seguiva; udì la porta che si apriva a riceverli e si rinchiuse poco dopo; vide che nel salotto ove abitualmente dimorava la contessa, venivano accresciuti i lumi.

Poco dopo la dolce voce di Narcisa, col suo accento molle ed armonioso d'indefinibile espressione, fece battere fortemente il cuore del povero giovane.

«Mio Dio!... che buio!... Ma dormono tutti in questa casa stassera!...»

Indi alcuni suoni, tratti così a caso dal pianoforte, quasi le dita cercassero le note di una fantastica melodia, che si stancarono presto a riprodurre e che diede luogo al terzetto finale d'*Ernani*, anch'esso poco dopo interrotto, colla stessa capricciosa volubilità, per un valtzer allora in gran voga: *Il Bacio*, di Arditi.

Però sembrava che un'attitudine estraordinaria facesse, in chi suonava, supplire a tutte le lievi imperfezioni di esecuzione, che venivano dalle difficoltà che incontrava, con una espressione molto rara, che traeva degli impeti e dei fremiti di delirio festevole dalle note del valtzer e faceva piangere con quelle del melodramma.

Giammai a Pietro parve di avere udito armonia come quella che le mani della donna adorata creavano sui tasti d'avorio, nel silenzio profondo di quella notte, profumata dal vicino *Laberinto* e rischiarata dalla luna.

Tutt'a un tratto anche il valtzer fu interrotto, ed il giovane udì i passi di lei che si avvicinava al verone, e vide la sua ombra che intercettava il lume che ne rischiarava il vano.

Ella si appoggiò all'inferriata del verone, colla testa fra le mani, perdendo il suo sguardo nell'orizzonte. La luna, allora nel suo più alto emisfero, la circondava quasi in un trasparente vapore.

Un'altra ombra si avanzò e le si mise al fianco.

«Perdio!», disse una voce secca ed orgogliosa, con accento toscano, che Pietro riconobbe per quella del conte, «non mi leverò mai d'addosso quest'accidente!»

Brusio sentì che quelle parole erano al suo indirizzo, e il sangue gli montò al viso.

«Che dite?», rispose la fresca voce della contessa, sebbene parlasse pianissimo.

«Parlo di quell'importuno che sta a farci la spia da mane a sera; che non ci lascia un'ora di pace... e che credo, in fede mia, sia pazzo di voi...»

La contessa alzò le spalle con un moto sprezzante d'indifferenza; indi mormorò sbadatamente, colla sua voce più bella e più calma, e colla più completa noncuranza, lasciando il verone:

«E che ci ho da fare io se quest'uomo e pazzo?...».

Pietro si alzò, lento, come se le gambe gli si piegassero sotto, sentendo agghiacciarglisi il sudore sulla fronte, coi denti sbattenti di convulsione.

Di giorno il conte sarebbe rimasto atterrito dal pallore e dall'alterazione dei lineamenti di lui, e dal sinistro splendore dei suoi occhi ardenti.

Egli rimase un momento immobile, annichilato, come se quella bellissima voce di donna avesse di un sol colpo reciso i muscoli più vitali del suo cuore. Il solo rumore che si udiva era quello dei suoi denti che battevano gli uni contro gli altri.

«Questa donna ha ragione!», mormorò egli quindi colla voce rauca, stentando a proferire le parole: «io son pazzo!... son pazzo!... Sono stato vile anche!...».

E partì lentamente, quasi strascinandosi. Non avea fatto dieci passi che udì le note allegre e cristalline del valtzer che risuonavano di nuovo.

Si fermò in mezzo alla strada, a guardare un'ultima volta, con un'ineffabile espressione di disperata amarezza, quel lume che splendeva chiarissimo in quella stanza riboccante d'armonia; si levò il cappello, con un moto istintivo, lento, quasi solenne, esclamando, cogli occhi umidi di lagrime infuocate:

«Addio, signora!... Addio!».

Camminò tentoni, barcollando com un ubbriaco, fino a quando stramazzò, privo di forze, singhiozzante, su di un sedile di marmo sotto gli alberi del *Rinazzo*.

«Oh! questo valtzer! questo valtzer!», gridò egli smaniante, come se quelle note gli percuotessero sul cervello, «Dio!... mi pare di diventar matto davvero... Ah!... ma non ha dunque nemmeno un pensiero per l'uomo ch'è pazzo per lei, questa donna?!!...»

E partì correndo, come un delirante, fuggendo quei suoni, che sembravano inseguirlo nel silenzio della contrada.

Si aggirò quasi tutta la notte per le vie più solitarie e deserte della città; spesso correndo e singhiozzando disperatamente, spesso lasciandosi cadere a terra, sul canto di una via, quando l'eccitazione febbrile che l'agitava gli toglieva le forze che gli aveva dato nel suo parossismo. Non tenteremo di dare un'idea di quelle lagrime roventi che lasciavano solchi sul suo volto livido ed impastato di polvere e di sudore. La tempesta violenta che mugghiava in quel petto gli faceva emettere voci tronche, gemiti che si articolavano come parole, ma in mezzo ai quali risuonava sempre un grido, or come un singhiozzo, or come un'invocazione disperata: «Narcisa!... Narcisa!...». E quando le sue arterie battevano in modo da rompersi, egli si afferrava la testa fra le mani, e tornava a correre come un pazzo, fin quando la stanchezza fisica lo istupidiva alla lotta terribile delle sue passioni.

Cominciava ad albeggiare; quell'incerto crepuscolo gli ferì gli occhi come un riverbero infuocato; quella vita che si risvegliava nella grande città con tutti i suoi rumori, quella luce che crescendo gli sembrava rischiarasse tutta l'immensità della sua disperazione, gli parvero odiose... a lui che cercava il nulla, che non avea pensato al suicidio perché odiava troppo ancora per essere stanco della vita.

Aprì la porta di strada di casa sua colla doppia chiave che recava sempre addosso; si chiuse nella sua camera, così al buio; e si buttò sul letto, vestito com'era, lasciando cadere soltanto in un angolo il suo cappello: era annichilato.

La stanchezza fisica e la morale l'avevano vinta fors'anche sulla sua disperazione; o almeno, in quel punto, gliela avevano resa meno sensibile. Egli si addormentò poco dopo di un sonno agitato, febbrile ed interrotto.

Sua madre, che all'alba avea lasciato il letto, dopo una notte passata fra le lagrime, e stava nel salotto che precedeva la camera di lui, onde vedere se almeno fosse rientrato, udì a lungo gemiti, singhiozzi, rantoli soffocati, che si mischiavano alla respirazione affannosa e stentata del dormente, e che conturbavano e straziavano il suo cuore. Questa donna, coll'orecchio fissato sulla toppa dell'uscio, stette quasi un giorno intiero ascoltando con angosciosa ansietà tutti i minimi rumori di lui e cercando d'indovinarli. Finalmente, verso le sette di sera, l'udì levarsi e passeggiare per la camera. Ella ebbe timore, sì, la madre che comprendeva come qualche cosa di terribile passasse nell'animo del figlio, e lo allontanasse dalle sue consolazioni e fin dalle sue lagrime, la madre ebbe timore che questo figlio adorato, buono un tempo ed affettuoso, che ella non riconosceva più ora allo sguardo fosco e al carattere aspro e violento, non commettesse qualche scena brutale se si fosse accorto di essere stato spiato.

Pietro passeggiò un pezzo per la camera, strascinandosi o camminando a salti, a seconda delle istantanee trasformazioni che subiva il corso delle sue idee; odiando quel filo di luce che trapelava dalle commessure delle imposte e che gli provava che la luce illuminava ancora; odiando i rumori della strada che gli annunziavano che tutto non era morto o almeno in lutto come il suo cuore; odiando fin anche il pensiero di esser vicino alla sua famiglia, quella famiglia che avea formato il suo culto e per la quale avrebbe dato altra volta tutto il suo sangue. Poi sedette presso il tavolino, colla testa fra le mani; e vi stette a lungo; coll'occhio arido, lucido, di una straordinaria fissità.

Una febbre ardente faceva vibrare con forza le sue pulsazioni; allorché sentì battere sì violentemente le sue arterie ch'egli ne udiva quasi il sordo rumore con colpi spessi percossi sul cervello; allorché sentì sulle palme quel fuoco che ardeva la sua fronte; allorché, più che mai, intravide dei lucidi bagliori attraversargli la pupilla con un solco luminoso, che nell'animo tracciava una striscia infuocata fra la tempesta delle sue passioni, dubitò un momento che fosse pazzo davvero. Egli ebbe paura di quest'idea... paura di non esser più padrone di sé, della sua vita, nel momento che sentiva averne maggior bisogno, per inebbriarsi di tutta la terribile voluttà di quel dolore che l'attaccava alla vita istessa; ebbe paura di abbandonare questa, come in trastullo, agli uomini: egli si fece alcune domande che erano strazianti nella loro calma forzata; si propose ragionamenti posati che tradivano ancora la convulsione dello sforzo che erano costati, dominando l'uragano che tempestavagli in cuore con volontà disperata di calma, per convincersi che non era pazzo... poiché egli avea paura d'esserlo... poiché egli odiava ferocemente...

Udì suonare nove ore all'orologio della stanza contingua.

«Vediamo!», mormorò egli alzandosi, «a quest'ora dev'essere buio... Ho tutta la mia ragione ancora!... Che vale disperarsi per colei?... quali diritti ne ho io? Siamo uomini, perdio!... come dice Raimondo... Ma chi dice questo spesso è segno che teme di non esserlo abbastanza... Non è vero che son pazzo!... Non voglio essere pazzo io!... Ebbene!... io voglio esser uomo!... sì... ho la testa lucida!... comprendo che bisogna annegarne la memoria... annegarla fra il vino... le donne... l'orgia!...»

Aprì le imposte, per vedere s'era notte davvero: era buio affatto; raccolse il cappello da terra e se lo calcò sul capo senza nemmeno aggiustarsi i capelli arruffati e appiccicati col sudore sulla fronte, ed uscì, quasi fuggendo la madre che udiva camminare nell'altra stanza.

V

33

Gli parve di respirare più liberamente quando l'aria aperta lo percosse sul volto, rinfrescando il calore delle sue membra ardenti di febbre: quella dolce sensazione gli parve fargli bene. Per la strada Vittoria scese alla *Marina*. A misura che l'influenza di quella bella sera s'insinuava nel suo organismo, egli sentiva però crescere e giganteggiare un fantasma che voleva scacciare con tutte le forze dell'essere suo... che l'atterriva.

Sotto il Seminario, vicino *Porta Marina*, in una bottega, udì i suoni di alcuni strumenti da fiato e da corda che eseguivano una polka, e i passi saltellanti e vigorosi di coloro che ballavano.

«Costoro si divertono»; diss'egli, «chi sa se anch'io vi potrei almeno dimenticare!...»

Fece alcuni passi per entrare nella bottega di tabacchi che precede l'ignobile sala da ballo, ma non ebbe la forza di farlo. L'istinto, l'abitudine piuttosto, del giovane bene educato non gli permise di mischiarsi senza transazioni a quanto vi avea d'impuro e d'abietto in quella gentaglia, operai d'infima classe, lustrastivali, borsaiuoli, barcaiuoli e femmine di mala vita, che componevano la società di quel ballo.

«Oh! stordirmi! stordirmi!...», esclamò egli, con un accento quasi doloroso, fermo in mezzo al viale ove avea incontrato Narcisa e questa l'avea guardato.

E partì di buon passo per la strada Stesicorea; ai Quattro Cantoni entrò alla Villa di Sicilia.

Era la capitolazione del giovane di buona famiglia, che non osava ancora penetrare nella taverna per ubbriacarsi e cercava la taverna elegante. Al garzone, che gli domandava cosa ordinasse, rispose di non saperlo, di recare quel che voleva, come per esempio un'insalata, purché l'accompagnasse di una bottiglia di marsala.

Il cameriere guardò sorpreso quel giovane che beveva una bottiglia di marsala su di un'insalata.

Pietro fu quasi atterrito, quando, riflessa dirimpetto a lui, su di uno specchio, vide una sinistra figura da spettro, col cappello ammaccato, i capelli incollati e cadenti sul volto di un pallore che sembrava terreo, magro in modo da far luccicare straordinariamente il bagliore che la febbre dava ai suoi occhi, i quali sembravano più grandi; cogli abiti scomposti; egli stentò un pezzo a riconoscere se stesso, e finalmente un riso amarissimo errò sulle sue labbra violacee.

Il cameriere gli recò quanto avea ordinato; egli cominciò a bere il vino senza toccare l'insalata. Allorché sentì i polsi battergli più forte, le gote animarsi, i vapori annebbiare la sua testa, ancora vertiginosa, egli si alzò, dopo aver pagato lo scotto, ed uscì.

«Ora andiamo al ballo!», mormorò con triste sarcasmo; «forse anch'*ella*, a quest'ora, è alla sua festa!...»

E scacciando un'ultima volta quest'immagine che, anche fra i fumi del vino, anche nel momento che si stordiva per non vederla e che la fuggiva nello stravizzo, trovava modo d'inchiodarglisi ferocemente nel cervello, egli corse alla *Marina*; esitò ancora un istante prima di mettere il piede su quella soglia, e finalmente entrò nella bottega che precedeva lo stanzone ove si ballava. Fingendo di dover comprare sigari, domandò a colui che stava al banco se l'entrata al ballo era libera per tutti, pagando; colui lo squadrò dal capo alle piante, come sorpreso che un giovane il quale indossava abiti piuttosto eleganti venisse a cercare una tal festa; poi, alzando le spalle con ruvida indifferenza, gli rispose con un cenno del capo affermativo. Brusio, pagati alla porta i pochi centesimi che davano diritto all'entrata, passò nella sala da ballo.

Era, come abbiamo accennato, una stanza assai grande, illuminata da lampade ad olio, con alcune panche disposte in giro alle pareti, su di una delle quali sedevano un contrabbasso, un violino ed un flauto che facevano saltare col movimento della polka una ventina di ballerini e ballerine.

La vista del giovane in cappello a cilindro fece impressione certamente, poiché le danze furono sospese, e tutti si volsero a guardare con curiosità il nuovo venuto; poco dopo incominciò a farsi udire un mormorio di cattivo augurio contro quell'importuno che veniva a disturbare il loro passatempo.

«Egli viene a ridere di noi... il signorino!», esclamò una delle donne, che si appoggiava alla spalla di un uomo atletico, vestito di velluto e di volto assai caratteristico.

«Noi non andiamo a mischiarci alle sue smorfiose... quando essi si divertono!...», gridò un'altra.

«Non vogliamo seccatori qui! non vogliamo spie!», urlò una terza voce.

«Ora vado a prendere per le spalle questo piccino e te lo metto fuori», disse l'uomo erculeo alla sua donna.

E si avanzò, col cipiglio arrogante, verso il Brusio, il quale ancora esitava ad inoltrarsi.

«Che vuoi tu?», gli disse colla voce dura dell'imperio che esercitava sui suoi compagni quando gli fu faccia a faccia, covrendolo quasi col suo largo petto e la sua alta statura.

«Non ho da dirlo a te, né a nessuno qui!», rispose il giovane, irritato, quantunque avvinazzato, da quella brutale famigliarità, guardandolo fisso negli occhi.

«Per Cristo! non hai da dirlo a me?», rispose sghignazzando il colosso. «Ma sai che qui sei in casa mia, e che se ti prendo fra l'indice ed il pollice ti stritolo?!...»

«S'è casa tua ci resto!», disse Pietro coll'ostinazione dell'ubriachezza o del puntiglio giovanile; «in quanto a stritolarmi, provati!»

E incrocicchiò le braccia sul petto, stendendo un passo in avanti e spostandosi solidamente sulle sue gambe snelle ma nervose, come se aspettasse l'assalto.

L'altro fece ancora un passo, minacciandolo dello sguardo più che del gesto, con la bravata audace e cinica che dà la coscienza della superiorità fisica in tali uomini; e mormorò, con voce che cominciava ad essere rauca d'ira, accostandosi sin quasi a toccarlo col petto:

«Vattene!».

«No!», rispose Pietro bruscamente.

Il gigante stese le braccia per afferrarlo; le braccia muscolose del giovane lo ributtarono due o tre passi all'indietro con un vigore che il bravaccio non avrebbe mai supposto in quel corpo magro e svelto; allora mise un urlo di rabbia: l'urlo della iena che ha sentito pungersi mentre scherzava; e afferrata una sedia la slogò di un sol colpo sul pavimento, tornando quindi verso di Brusio con la sbarra pesante e ruvida fra le mani, che brandiva sulla sua testa come una clava. Pietro, dal canto suo, fu lesto ad impadronirsi del bastone di uno dei suonatori, che si erano salvati dietro le panche, e a pararsi il colpo con quello.

Allora cominciò un combattimento accanito e feroce fra l'uomo atletico, che mugghiava come un toro ferito per la rabbia che non poteva sfogare, rabbia accresciuta dalla inopinata resistenza che incontrava e che gli toglieva il prestigio d'invincibilità nell'opinione dei suoi compagni, ed il giovane alto, sottile, pallidissimo, colle grosse labbra chiuse e sdegnose, l'occhio scintillante, la fronte alquanto calva, altiera ed impassibile, su cui si appiccicavano i capelli arruffati e si schiacciava il suo cappello a cilindro. Per fortuna Pietro aveva studiato la scherma del bastone con maggiore attenzione di quanta ne avesse messa ad ascoltare le lezioni del canonico Russo; fu perciò col massimo piacere degli spettatori, comprese le femmine, che questi assistettero a quel duello singolare fra i due avversarii degni di starsi a fronte l'un l'altro; essi battevano le mani ai bei colpi, e incoraggiavano con acclamazioni i combattenti. Brusio non era più uno straniero per loro, un *signorino*, ora che maneggiava sì bene il bastone.

L'uomo vestito di velluto avea il braccio e le reni solidi come bronzo, e molta abilità in questa maniera di scherma, ciò che gli faceva menar colpi che calavano giù rombando terribilmente; il giovane però, se non avea la forza muscolare del suo avversario, lo vinceva nell'elasticità e sveltezza dei movimenti e nel sangue freddo inalterabile, che in lui era uno strano effetto della collera, con cui aggiustava i suoi colpi e parava quelli che gli venivano. Tutt'a un tratto una legnata violenta di Brusio spezzò la spada colla quale il bravaccio parava il colpo alla testa, e si vide quest'ultimo stramazzare a terra colle braccia stese: avea il cranio spaccato.

Successe uno straordinario tafferuglio: alcuni gridavano evviva, altri imprecavano e minacciavano Pietro più seriamente al certo di quanto fosse stato minacciato sino allora, poiché nella mezza luce si vedevano luccicare lame di coltelli affilati.

«Silenzio, canaglia!», si udì gridare una voce la quale avea tutte le gradazioni fra quella dell'uomo e quella della donna, «questo giovanotto lo proteggo io! è dei nostri!... Ha cuore e pugno... Egli vuol essere dei nostri, giacché è venuto; non è vero?»

«No! no! Sì! sì!», urlarono alcune voci avvinazzate: «Non vogliamo *cappelli*! non vogliamo *signorini*!...»; «Viva il *signorino*! egli ha il pugno di ferro; egli ha vinto Nicola!».

Nulla avrebbe potuto sedare quello schiamazzo, e Pietro avrebbe corso fors'anche il più grave pericolo, minacciato dalla vendetta degli amici del caduto, quantunque difeso anche dal piccol numero dei suoi ammiratori; un altro combattimento, in più grandi proporzioni, era almeno imminente, se non fosse entrato in quel punto il padrone dello stabilimento; il quale, impassibile sin'allora a quanto era avvenuto, dietro il suo banco della prima camera, accorreva dimostrando nel gesto e nella fisonomia l'importanza della notizia che recava:

«I carabinieri!», diss'egli. «I carabinieri!» fu gridato da ogni parte.

E tosto amici e nemici si fusero in un lodevole accordo a nascondere in uno stanzino il mal capitato Nicola, cui, quantunque fosse rinvenuto e mandasse lamentevoli gemiti, nessuno avea badato, a lavare il pavimento lordo di sangue, e a tirare i suonatori da sotto le panche.

«La *Fasola*! la *Fasola*!», fu gridato da tutti.

Venti braccia soffocarono Pietro in un energico amplesso; e venti voci, anche di quelle che avevano minacciata la sua vita un momento innanzi, gli susurrarono: «Siamo amici, non è vero? Sei dei nostri!... Vuoi essere dei nostri?».

«Sì, son dei vostri!... amici! tutti amici!», rispose Pietro, urlando tanto forte da cercare di soffocare le stesse parole che proferiva; stendendo le mani alle venti mani nere e callose che gli venivano stese, onde stordire tutto quello che sentiva d'ignobile, di ributtante, di vile in quell'accozzaglia alla quale veniva a domandare le sue distrazioni; ballando anche lui quella ridda infernale sul sangue versato da poco e ancora tiepido... Egli, a misura che le acri esalazioni di quei cenci e di quei corpi, e l'esaltazione avvinazzata di quel tripudio cominciarono ad offuscargli il cervello, come il marsala non aveva potuto fare; egli, che aveva avuto ribrezzo a toccare la mano di quella femmina, spudorata corifea della festa, ch'era stata la donna di Nicola, cominciò a saltare più furiosamente degli altri, e stringersi più ebbro quell'abbietta creatura fra le braccia.

Due ore dopo mezzanotte egli usciva stordito, briaco da quell'orgia; ancora sbalordito dal baccano che avea fatto il suo cuore; mormorando come per illudersi anche in quel momento:

«Oh! la vita!... Questa è la vita!... Donne e vino!... Viva l'allegria!».

Da quel giorno, o piuttosto da quella notte, Pietro Brusio cominciò una vita indegna ed abbietta, di cui egli cercava occupare tutti gli istanti con gli eccessi più sfrenati, per non darsi il tempo neanche di vedere dov'era caduto. Egli faceva sforzi sovrumani per annegare nel frastuono, nell'ubbriachezza, quanto sentiva ancora di elevato e di nobile nel suo cuore, che gli rimproverava come un rimorso la vita che menava, e gli faceva pensare spesso, malgrado la sua disperata volontà, malgrado gli eccessi a cui ricorreva, a quella donna fatale di cui malediva la memoria.

Spesso fra le orgie più impure, nell'ubbriachezza più profonda, egli rimaneva in disparte, muto, pallido, coll'occhio fisso e pensieroso. Spesso, al contrario, stringendosi una di quelle femmine da trivio fra le braccia egli mormorava un nome cogli occhi umidi di lagrime: ciò che rendeva dapprincipio attoniti, e faceva ridere dappoi i suoi compagni di stravizzo.

Egli logorava la giovinezza del suo cuore e del suo corpo in questa vita febbrile, divorante, che s'era imposta; fuggiva lo sguardo della madre e delle sorelle come se avesse temuto di contaminarle col suo, come se avesse temuto che la muta eloquenza dell'occhio umido della madre gli facesse sentire tutta l'infamia dell'abbiettezza in cui affogava le sue memorie e il suo amore, che provava ancora rigoglioso e potente. Fuggiva gli amici di una volta, che forse avrebbero potuto rimproverarlo col loro freddo contegno; [fuggiva sin anche] Raimondo, cui non si sentiva bastante coraggio di avvicinare.

Siamo al Giovedì Grasso. Brusio ha passato più di quattro mesi di questa vita; è divenuto il corifeo di questa canaglia composta di femmine da trivio e di uomini perduti; e in quella sera, tutti mascherati in modo poveramente e orribilmente grottesco, vanno al Teatro a farvi pompa del cinismo del vizio, della brutalità della violenza, della petulanza della miseria colpevole; occupando la galleria, ove mangiano, bevono, contendono ed urlano anche nel tempo della rappresentazione, malgrado la presenza delle numerose Guardie di Pubblica Sicurezza e dei Reali Carabinieri. Dopo la recita aspettano l'apertura del ballo mascherato per lanciarsi, coi loro costumi sudici, in mezzo alla platea, per mischiarsi a quella società elegante che non sentonsi in diritto d'avvicinare coi loro cenci, e per farlo ne cercano il coraggio nell'ebbrezza, nell'esaltazione e negli eccessi.

Brusio, in prima fila fra di essi, sul proscenio, indossando un travestimento tutto suo, composto di cappuccio, casacca e pantaloni di pelle di montone (vestito che egli avea denominato da orso), si occupava metodicamente a dar fiato ad un enorme corno ad ogni scena nuova; e le rimostranze delle guardie di Questura erano soffocate dagli urli, dai suoni di trombe e di campane e dai fischi della mascherata numerosa che gli faceva codazzo.

Poco prima di mezzanotte fu aperto il ballo. Quella folla ululante irruppe come un torrente limaccioso nella sala.

I palchetti erano gremiti di elegantissime dame e di signori mascherati con lusso. Poco dopo si aprì l'uscio di un palchetto di seconda fila ed entrò la contessa di Prato, mascherata da baccante, accompagnata dal marito e da un bel giovanotto biondo, sottotenente negli Usseri di Piacenza, che le tolse dalle spalle la mantelletta *Fatma* di peluscio. Giammai la signora aveva brillato di tutta la pompa affascinante delle sue seduzioni irresistibili, come quando si avanzò sul parapetto della loggia colle braccia, le spalle ed il petto nudi nel suo abito diafano di velo, col suo sorriso sulle labbra, con quel piccolo grappolo d'uva e quell'unica foglia verde a metà nascosti tra i riflessi cenerognoli de' suoi capelli neri, che vi si inanellavano attorno alla fronte e le cadevano mollemente sul collo.

Pietro non alzò nemmeno gli occhi verso i palchetti. Non osava di farlo, di dissipare forse collo spettacolo di quella profusione di eleganze e di bellezze che ornavano le loggie, il denso vapore avvinazzato e fangoso in cui si avvolgeva; non osava d'incontrare un viso ch'egli non voleva vedere per non avere a dubitare un'altra volta della sua ragione.

L'orchestra suonava un valtzer; la folla avea incominciato a ballarlo gesticolando e gridando. Tutt'a un tratto fu veduta una figura umana, imbacuccata in pelli nere che la facevano mostruosa, montare di un salto sul palcoscenico, e gridare colla sua voce più forte, stendendo il braccio con un gesto imperioso verso l'orchestra:

«Abbasso il valtzer! Non vogliamo valtzer! Non vogliamo balli aristocratici... Vogliamo la *Fasola*!...».

Quella voce che comandava, quel gesto che imponeva fecero fermare i ballerini che danzavano e i professori che suonavano; e cominciò un immenso frastuono. Dai palchi partirono alcuni fischi acutissimi, tratti certamente con l'aiuto delle chiavi.

Allora quell'uomo, quel mostro, alzò la testa orribile a vedersi col suo pallore cadaverico sui suoi lineamenti dimagriti, collo scintillare dei suoi occhi infuocati fra i peli che gli cadevano dal cappuccio sulla fronte; e quello sguardo che fissò su quei cavalieri giovani, ricchi, eleganti; su quelle mani in guanti bianchi che si sporgevano fuori dei palchi ad imporgli silenzio; su quelle signore belle, profumate, splendenti di gemme; su quella folla dorata che faceva il più vivo contrasto con quella brutta, cinica, briaca, cenciosa, che l'accompagnava, quello sguardo fu d'odio immenso, indicibile, e anche di feroce vendetta.

«Abbasso gli aristocratici!», gridò egli, Pietro, il giovane aristocratico per istinto; «abbasso i guanti bianchi! Vogliamo la *Fasola*! Suonate la *Fasola*!»

A quelle parole successe un immenso schiamazzo di urli che applaudivano alle sue parole e chiamavano la *Fasola*, questa danza popolare. I carabinieri, quantunque avessero spiegato la massima energia nel cercare di calmare l'effervescenza, erano in troppo piccol numero per imporsi a quella folla resa audace dalla sua istessa insolenza; finalmente si fece venire il picchetto di Guardia Nazionale ch'era alla porta.

In questa una fischiata solenne e generale, partita dai palchi, sembrò sfidare la collera di quella gentaglia irritata: le mani inguantate di bianco non volevano lasciarsi sopraffare dalle mani nere e callose.

Nella platea scoppiò un grido generale di rabbia. Alcune signore svennero allo spettacolo di quella folla urlante che levava braccia nere e facce infuocate e furibonde, come ad imprecare, verso i palchetti, e in mezzo alla quale scintillavano alcuni ferri aguzzi. I carabinieri misero le mani sui *revolvers*, e la Guardia Nazionale entrò nella sala colle baionette in canna.

Rinunziamo a descrivere lo stato d'esasperazione di Brusio a quella sfida imprudente che l'aveva percosso come uno schiaffo; egli saltò in mezzo alla folla gridando:

«Ora faccio scendere tutta questa canaglia coi guanti a ballare la *Fasola* con noi! Vado a prenderveli per le orecchie!».

E si fece largo in mezzo alla calca. Nessuno, né carabinieri, né Guardia Nazionale badarono a quell'uomo che usciva, a quella jena assetata di vendetta, che spingeva in avanti il collo anelante come un animale sitibondo. In due salti egli fu sulla scala del second'ordine, e si avanzò pel corridoio.

Tutt'a un tratto egli si fermò, come percosso dal fulmine, coll'occhio smarrito, col volto pallido e convulso: si era trovaro faccia a faccia a Narcisa, che partiva dal Teatro, spaventata di quel frastuono.

La contessa aveva messo un grido nel vedere quell'uomo che correva come un pazzo contro di lei, facendo scintillare nel suo pugno la lama larghissima di un coltello a manico; quella figura informe ed orrenda sotto le pelli che la coprivano, della quale gli occhi soltanto luccicavano come due carbonchi sul volto che sembrava una maschera di cera gialla. Ella si era stretta contro la parete, aggrappandosi al braccio del conte, come per farsene schermo.

Pietro aveva avuto uno sguardo, un solo, per lei; il coltello gli era caduto di mano; poi era fuggito, correndo a salti, urlando disperatamente, come l'animale che voleva figurare.

«Oh! questa donna! questa donna!... questo demonio!», gridava egli, correndo all'impazzata pel Molo.

Si fermò sull'ultimo limite di questo, quando non vide più dinanzi a sé che il mare bruno ed immenso, su cui scintillavano le stelle. Fissò uno sguardo ebete, smarrito su quella superficie che si stendeva a perdita di vista, luccicante di riflessi fosforici; su quelle stelle che splendevano sulla sua testa... Due o tre volte avanzò il passo verso quell'abisso che poteva inghiottire la sua vita coi suoi vortici spumeggianti; e ciascuna volta egli sentì una forza che l'afferrava e lo tratteneva... Finalmente cadde accosciato sul suolo umido e spazzato qualche volta dalle onde, prorompendo in lagrime amare, ardenti, ma non più disperate.

Egli pianse a lungo: quel pianto, che non aveva potuto versare da circa cinque mesi, forse lo salvò.

«Questa donna ha ragione», mormorò quando fu calmo, come aveva detto allorquando gli era parso che il suo cuore si fosse spezzato: «quali diritti ho io al suo amore, alla sua attenzione, fin'anche?... Io, Pietro Brusio!... Ma io voglio averli, questi diritti che Dio m'ha dato, che in un istante di scoraggiamento io ho sconosciuto, ho ripudiato, ma che sento in me... Questa donna anderà superba un giorno dell'amore di Pietro Brusio!!».

E rialzando la testa, quasi lieto ed altiero di quel nuovo indirizzo che dava alla sua vita, di quell'espiazione che s'imponeva del passato, della speranza che gli brillava negli occhi ridenti, guardò il cielo quasi calmo, quasi giocondo ora. Si alzò, e con passo fermo s'incamminò verso la sua casa. Egli andò ad abbracciare la madre nel letto, come per darle la lieta notizia, mescolando le sue lagrime a quelle di gioia di lei, che ritrovava il figlio suo; e dandole la sola spiegazione della metamorfosi che uno sguardo ed un pensiero avevano potuto operare in lui con queste sole parole:

«Perdonami, madre mia!... perdonami!».

Due mesi intieri ebbe la forza di non cercare Narcisa, di non vederla. Usciva di rado, la sera; e sempre in compagnia di sua madre e delle sue sorelle.

L'aveva dimenticata?

No! Egli aveva tal forza perché viveva per lei, con lei, in lei; perché tutta la sua vita era ormai Narcisa.

Egli lavorava con un entusiasmo quasi accanito, con una lena che soltanto poteva dargli l'esaltazione in cui si trovava; e fece passare tutto il suo cuore nell'opera sua. Due mesi dopo avea finito un dramma che rileggeva cogli occhi brillanti di sorriso; del quale era contento; che amava quasi di una parte dell'amore di cui amava Narcisa; che amava come un'emanazione di lei. Quando egli fu soddisfatto dell'opera sua, di se stesso; quand'egli si sentì più vicino a Narcisa, allora la cercò.

La sua casa era deserta e le imposte dei veroni chiuse.

La cercò inutilmente otto giorni pei passeggi e al Teatro; ne domandò agli amici: nessuno l'avea più veduta.

Risoluto di trovarla ad ogni costo andò a far visita in casa A*** e colla signora condusse il discorso sino alla contessa.

«A proposito, che n'è di lei?», domandò.

«Credevo che lo sapeste, voi suo amante: è partita.»

«Partita!»

«Sì, da venti giorni.»

«E per dove?»

«Per Napoli.»

«Anderò a Napoli!», disse a se stesso Brusio.

VI

Parecchie settimane dopo, in Napoli, ad una delle serate che dava il barone di Monterosso, noi ritroviamo Narcisa, accompagnata dal marito e dal giovanotto ufficiale di cavalleria negli Usseri, che abbiamo incontrato con lei a Catania. Il sottotenente, che apparteneva ad una delle più nobili famiglie del Napoletano, l'avea presentata ad una signora di mezza età, la quale recava con tutta disinvoltura gli occhiali sul naso, appartenente anch'essa alla più alta società e che col suo ingegno si è fatto un nome che comincia ad esser celebre anche fuori d'Italia. Le due donne, l'una circondata e adulata pel potere dei suoi vezzi, l'altra pel prestigio del suo nome, sedevano l'una presso all'altra su di un canapè, accerchiate da uno stuolo di cortigiani.

Il barone di Monterosso venne a complimentare la signora contessa R***, e a dire anche due parole d'occasione a Narcisa.

«Avrò la fortuna, signora contessa», disse, parlando alla donna matura, «di presentarle stasera un uomo, che, ancora giovanissimo, si è aperta diggià la più brillante carriera nella letteratura drammatica.»

«L'autore di *Gilberto* forse?», domandò la signora.

«Lo conosce?»

«No; ne ho udito semplicemente parlare; è un dramma che ha incontrato moltissimo, a quel che pare; e di cui i giornali si sono disputati i meriti con quell'accanimento che dà sempre della rinomanza all'autore. È napoletano?»

«È siciliano; si chiama Pietro Brusio.»

«Brusio?... Non ho mai udito questo nome...»

«Fra otto giorni questo nome sarà pronunziato come quello di Giacometti e di Gherardi del Testa.»

«È una celebrità in erba, dunque?»

«Sì, signora contessa: una celebrità che nasce, ma in mezzo ad una splendida aurora. Il suo dramma è stato replicato quattro volte a richiesta, e domani fu desiderato per la quinta; l'impresario glielo ha pagato come non si sogliono pagare quasi mai le produzioni letterarie in ltalia, e l'ha impegnato a scrivere pei Fiorentini con un appuntamento che lo farà vivere da signore.»

«Domani andrò ai Fiorentini», disse la dama, «stasera mi presenti il suo protetto; lo pregherò di passare da me le sere in cui ricevo.»

Il barone s'inchinò allontanandosi per dar retta ad altri invitati.

Narcisa ballò come una silfide e confessò al suo cavaliere di mai essersi divertita come in quella sera.

Verso mezzanotte il barone si avvicinò di nuovo al divano ove sedevano Narcisa e la contessa, accompagnato da un giovane alto e bruno, di cui l'espressione fredda, altiera e quasi severa era appena temperata dal contegno grazioso che gl'imponeva l'atto che andava a compiere.

«Mi permetta, signora contessa R***», disse il barone con il garbo di un uomo di società, «che abbia l'onore di presentarle il signor Pietro Brusio, il giovane autore di cui le feci parola.»

Pietro s'inchinò in silenzio, mentre la dama originale l'esaminava con tutta flemma, attraverso gli occhiali, dal capo alle piante e gli faceva i complimenti d'uso. Anche Narcisa esaminava il nuovo arrivato con una curiosità che andò a finire nella maggior sorpresa.

Ella stentò a riconoscere il giovane incognito che a Catania incontrava ad ogni passo, divorando degli occhi il suo sguardo, e che passava le notti sul marciapiede dirimpetto alla sua casa, in quel giovane che le stava dinanzi con la fronte nobile, quantunque solcata dalle febbrili emozioni della creazione, e dai delirii sublimi del pensiero; coi lineamenti sbattuti dalle fatiche del lavoro, dalle lotte ardenti dell'idea, che aveva sentita immensa, colla forma, che spesso non sentiva abbastanza. Egli avea l'occhio brillante della confidenza che dà la giovinezza e l'avvenire, quando si affaccia ridente; il suo vestito irreprensibile sviluppava la forte e maschia eleganza del corpo; si presentava con tutta la grazia di un abituato alle più aristocratiche riunioni. Ciò che più di ogni cosa servì a farglielo riconoscere, meglio che l'altiero portamento della fronte, ch'egli non avea saputo rendere grazioso in quel momento come il sorriso a cui aveva forzato il suo labbro sdegnoso nel presentarsi alla contessa R***, fu questo.

La contessa gli parlava con la famigliarità che dà la parentela del genio, e gli stringeva la mano. Il cerchio degli ammiratori di lei gli si affollava d'attorno, e lo guardava con occhio invidioso. Tutt'a un tratto ella lo vide diventar pallido come un cadavere, e dirizzarsi sulla persona con un movimento macchinale che non seppe padroneggiare; e ciò fu quando il barone (ch'era rimasto al suo fianco frapponendosi fra di lui e Narcisa) si allontanò. Pietro aveva veduto la contessa di Prato, alla quale il sottotenente dirigeva un complimento ch'ella non ascoltava. Brusio rimase un momento immobile, senza poter parlare, cogli occhi, che si erano fatti di una sorprendente lucidità, fissi in quelli di lei, mentre una leggiera convulsione faceva tremare sul suo labbro superiore i baffi castagni.

La signora R***, che gli parlava in quel momento, fu sorpresa di non avere risposta, e lo guardò con curiosità.

Pietro staccò quasi con isforzo gli occhi da quelli di Narcisa, che lo fissavano col loro sguardo limpido e chiaro, per volgerli all'ufficiale, che anch'esso lo guardava sorpreso, arricciandosi le basette.

Egli fu freddo, distratto, impacciato tutto il tempo che rimase a discorrere colla donna celebre. Quando questa gli parlava dello splendido avvenire che la riuscita della sua produzione l'autorizzava ad aspettarsi, rispose tristamente:

«Forse, signora contessa, giammai in tutta la mia vita potrò compiere un lavoro come quello che scrissi in otto giorni, e al quale il pubblico ha avuto la bontà di fare buon viso».

«È solo modestia che le fa dir ciò?»

«No, signora; forse è presentimento.»

«Bisognerebbe, in tal caso, non ammettere questo dramma come parto del suo ingegno, ma piuttosto...»

«Del cuore?», interruppe il giovane; «sì, signora!».

«Ella ha ragione: in un momento di passione si possono operar miracoli che parrebbero impossibili a tentarsi un minuto dopo. Pel bene del suo avvenire voglio augurarmi che tale non sia il suo *Gilberto*.»

«Chi lo sa?»

E lo sguardo del giovane, che s'inchinava per allontanarsi, incontrò quello di Narcisa fisso su di lui con un'espressione che dimostrava più della semplice curiosità.

Si ordinavano le coppie per un valtzer; e l'ufficiale venne a presentare il suo braccio a Narcisa, che vi abbandonò il suo corpo flessibile, splendida di tutta la sua strana bellezza; coi capelli, intrecciati di perle, cadenti sulle spalle bianchissime e vellutate; col bel seno anelante sotto il velo ed il merletto che lo copriva; col suo sorriso indefinibile sulle labbra, e gli occhi che, senza esser brillanti, avevano un'onda di voluttà nei loro raggi.

Ella si avanzò lentamente, mollemente, come immedesimandosi al corpo dell'uomo a cui si accompagnava, con un inimitabile movimento del suo collo da cigno, quasi le perle e i fiori che s'intrecciavano ai suoi capelli, e il volume di questi, fossero troppo pesanti per quella piccola testa; presentendo nello sguardo sorridente e scintillante tutto quel torrente d'impetuose voluttà che il valtzer, questo ballo degli innamorati, dovea darle; come appoggiando tutti i delicati tesori del suo corpo al braccio del suo cavaliere, per trarne quella foga d'esaltazione che la musica, l'eccitamento, il contatto del corpo dell'uomo elegante doveano darle.

Nulla varrà a riprodurre, ad accennare soltanto, l'impressione voluttuosamente affascinante di quel corpo leggiero da silfide, che librava, direi, le ali coll'espressione del suo sguardo, per abbandonarsi a tutto il trasporto di quel ballo.

Le coppie cominciarono a girare; la musica eseguiva *Il Bacio* di Arditi.

Dopo il primo giro, quando la contessa si fermò, anelante, come cullandosi al braccio del suo splendido cavaliere, sfiorandogli un'ultima volta il viso coi suoi capelli; colle guance accese, il petto anelante, gli occhi umidi di languore e di piacere, incontrò un altro sguardo, umido ancor esso di una indicibile espressione d'angoscia e quasi di cruccio, che brillava su di una fronte alquanto calva e pallida di una spaventosa pallidezza. Ella fissò un lungo sguardo su quello che si fissava su di lei.

«Vogliamo ricominciare?», le sussurrò all'orecchio l'ufficiale, passandole il braccio attorno alla vita da bajadera.

«È inutile... mi sento stanca... Non ballo più...»

Ella cercò cogli occhi un'altra volta quello sguardo supplichevole e nello stesso tempo minaccioso: era scomparso.

«Oh! questo *Bacio*! questo *Bacio*!... avrò da sentirlo dappertutto!...», mormorava Pietro delirante scendendo le scale.

«Domani ai Fiorentini si darà un dramma che ha fatto furore; a quanto si dice; avrete la compiacenza di accompagnarmici?», domandò Narcisa al marito.

Questi s'inchinò in silenzio.

L'indomani, infatti, alle 9 e mezzo, la contessa, che non si ricordava di essere entrata in teatro a tal ora, era in un palchetto di seconda fila sul proscenio. Il sipario non era ancora alzato e la sala era affollatissima.

La contessa recava in mano un magnifico mazzo di viole bianche che posò sul parapetto insieme all'occhialetto.

Il dramma fu recitato in mezzo ad una di quelle ovazioni che sembrano strappate agli spettatori quando l'autore ha saputo scuotere tutte le corde dei cuori colla sua mano potente: era una di quelle opere spontanee, tutte di un sol getto, che sono belle perché sono vere, che sono inimitabili perché sono semplici e comuni. Narcisa rivide quel giovanetto che passava le notti sotto i suoi veroni; lo rivide nel protagonista di quel dramma, con tutti i suoi fremiti d'amore e i suoi disinganni disperati, ella sentì che quel dramma parlava di lei, era scritto per lei, in tutte quelle sfumature di rimembranze che l'accennavano ad ogni passo... L'ufficiale, che avea battuto le mani quando l'aristocrazia aveva applaudito, osservò con sorpresa che ella rimaneva indifferente alle sue sollecitudini, tutta assorta in quel *Gilberto* che ad ogni parola destava in lei una reminescenza e le svelava quale amore quasi sopra[n]naturale avea saputo destare.

Nel mezzo della scena che l'avea commossa dippiù, ella, coll'ispirazione improvvisa e adorabile della donna leggiera e capricciosa, s'era tolto dal dito un magnifico anello di brillanti e l'avea legato al nastro del mazzetto.

Alla fine del second'atto l'autore, chiamato fragorosamente dal pubblico, venne sulla scena. Egli non ebbe che uno sguardo, in mezzo al turbine di quegli applausi frenetici, in mezzo all'agitazione di quella folla che si levava gridando il suo nome, in mezzo all'inebbriamento di quell'ovazione quasi delirante: uno sguardo che andò a posarsi su di un palchetto di un proscenio al second'ordine.

Egli vi vide la contessa... verso della quale si chinava sorridendo il biondo giovanotto dalla brillante divisa di ufficiale degli Usseri.

Pietro dimenticò quegli applausi, quelle corone che gli cadevano ai piedi, quei fiori che lo coprivano come in un nembo, quelle acclamazioni al suo nome; egli non badò più neanche ad un mazzo di viole bianche che gli era caduto ai piedi dal palchetto di Narcisa e che avea raccolto, per fuggire come un delirante, come un uomo che teme d'impazzire, poiché tutti questi applausi non potevano dargli quello sguardo ch'era venuto a cercare sino a Napoli, che avea voluto comprare a prezzo delle ispirazioni del suo genio, e che avea visto rivolto sul giovane sottotenente.

La folla chiamò invano replicate volte l'autore.

«Che ne dite del dramma?», domandò la contessa all'ufficiale, dopo l'ultimo atto, approfittando del tempo in cui il conte era uscito per fare ordinare la carrozza dal *jo[c]key* che aspettava sul corridoio.

«Molto bello, in verità; e anche assai applaudito.»

«E dell'autore?»

«Che volete che ne dica?... ch'è un autore come tutti gli altri», soggiunse colui con il supremo disprezzo degli uomini di spada.

«Eppure quest'uomo è celebre!», aggiunse la contessa avvolgendosi nella sua *vespertina* di *cachemire* bianco.

«Sarà anche questo.»

«Sento che amerei quest'uomo come una pazza!», esclamò Narcisa punta dal freddo motteggio del suo vagheggino, colla viva schiettezza del suo carattere mobile ed impetuoso.

«Confessate almeno che questa franchezza è odiosa!...», rispose ridendo il sottotenente, poiché non sapeva se dovesse prendere la cosa sul serio, sebbene l'espressione affatto nuova della contessa gli desse molto a pensare.

«Ha però sempre il merito della franchezza!», replicò con tutta flemma Narcisa: «Quest'uomo io l'amo... poiché la sua celebrità è opera mia!... opera di cui posso andare superba!... Partite per la guerra, signore, a farvi uccidere per me o a ritornare generale d'armata, e allora... ma allora soltanto... forse.... io vi amerò come sento che amo in questo momento quell'uomo!».

«Signora!», esclamò l'ufficiale coi denti stretti, facendosi pallido.

«Non mi accompagnate sino alla mia carrozza?», disse senza scomporsi Narcisa, dandogli la busta dell'occhialetto da recarle, nel momento che suo marito rientrava nel palchetto.

Brusio era ritornato a sua casa agitatissimo, e passò la notte senza dormire.

Ella! Narcisa! avea assistito al suo trionfo, avea palpitato dei suoi sentimenti, gli avea gettato quel mazzetto che avea fatto appassire a furia di baci!... Ma ella non era sola!... quell'uomo, quel soldato, sì giovane, sì bello, sì splendido! che le parlava sì da presso... che le sorrideva in quel modo!... Tutt'a un tratto le sue dita incontrarono l'anello che era legato al mazzo; un dubbio atroce lo fece impallidire: quei fiori, che la donna adorata avea lasciato cadere su di lui, invece di essere l'espressione della simpatia, non dimostravano piuttosto uno di quei volgari applausi, uno di quegli splendidi regali con cui si paga l'abilità di un istrione?... Quest'idea lo martellò a lungo; e l'indomani, ancora sotto questa impressione, scrisse il seguente biglietto a Narcisa - sarcasmo pungente ed amaro velato dalla forma più delicata:

Signora contessa,

Ieri ebbi la fortuna di raccogliere un mazzo che le cadde dal palchetto sulla scena. Se, unita ai fiori che lo compongono, non vi avessi trovato una gemma di qualche valore, io l'avrei forse conservato come un ricordo dippiù della simpatia di cui mi onorarono gli spettatori; ma nel dubbio d'ingannarmi sulla destinazione del suo prezioso regalo, poiché tali sogliono essere le ricompense dei commedianti celebri, mi fo un dovere di rimetterlo alle mani dalle quali è partito.

La prego, signora, di gradire la testimonianza della mia più distinta considerazione, ecc.

Suggellò il biglietto, dopo averlo firmato, aspettando con impazienza l'ora convenevole per ricapitarlo.

Bisogna dire che il giovane, esagerando la sua suscettibilità, scrivendo quella lettera di orgoglioso rimprovero sotto le frasi gentili, cedeva ad una segreta speranza di mettersi in relazione con Narcisa; e che egli avea adottato quel mezzo come ne avrebbe adottato un altro, se gli si fosse presentato.

A mezzogiorno suonò, e disse al domestico che comparve, consegnandogli la lettera ed il mazzo:

«V'informerete dalla servitù del signor barone di Monterosso dell'abitazione della signora contessa di Prato, e andrete a recarle questa lettera insieme ai fiori e all'anello, *personalmente*», aggiunse in ultimo, accentuando la parola.

«Ascoltate....», disse quindi, mentre il servitore stava per uscire, esitando tuttavia a proferire quelle parole che gli pareva svelassero la sua segreta speranza che cercava dissimulare a se stesso: «se vi dicono esserci risposta aspettatela».

Attese con ansietà febbrile i tre quarti d'ora che il domestico impiegò a ritornare colla risposta. Finalmente l'udì sulle scale e andò ad incontrarlo nel salotto, dominandosi a pena.

Gli venne recato su di un vassoio da lettere un biglietto da visita; al di sotto del titolo *Conte di Prato* in litografia, c'era scritto a mano: *prega il sig. Brusio di far trovare alle 8 due suoi amici al Caffè d'Europa*.

«Un duello!», esclamò Pietro sorpreso di leggere tutt'altro di quello che sperava: «confesso che me l'aspettava pochissimo. Quello che non so comprendere è perché il signor conte spinga la permalosità sino a sfidarmi per un mazzo rimandato... a meno che...».

Rimase pensieroso alcuni secondi, senza compire la frase, girandosi il biglietto fra le dita.

«Non importa»; disse quindi riscuotendosi; «quest'uomo è destinato; io l'ucciderò, com'è vero che mi chiamo Pietro e che quest'uomo mi ha insultato a Catania...»

Uscendo per prevenire i testimoni passò dal barone di Monterosso e vi trovò un altro suo amico.

«V'incontro a proposito»; diss'egli stringendo le due mani che gli venivano stese, «ho un affare col conte di Prato e venivo a pregarvi della vostra assistenza.» E raccontò ai due amici il fatto della mattina che avea causato la sfida del conte.

«Le condizioni?», domandò il barone.

«Vi dò carta bianca; l'appuntamento è per stasera, alle otto, al Caffè d'Europa. Vi prevengo soltanto che non accetterò accomodamenti.»

Alle dieci i due padrini vennero a trovarlo al Teatro S. Carlo per riferirgli le condizioni stabilite.

«Diavolo!», esclamò il barone, «l'affare sembra più serio che io non mi fossi immaginato. Il conte è furioso, a quanto pare; ed ha proposto condizioni d'inferno: trenta passi, dieci passi liberi per ciascheduno. C'è da divertirsi con due uomini che possono venire a scaricarsi le pistole sul petto a dieci passi!»

«Accetto!», esclamò Pietro col suo accento vivo e brusco.

«Caspita! lo sapevamo; giacché abbiamo accettato per voi... Quando c'entra quel demonio di contessa...»

«La contessa?»

«Eh, via!... forse che domani andate a cacciarvi una palla in corpo quasi colle pistole appoggiate sullo stomaco per quel povero mazzo che c'entra quanto un pretesto?!... Il conte è irritatissimo per l'assiduità che spiegaste nel far la corte a sua moglie, per cui la seguitaste da Catania a Napoli; e si è servito di questo pretesto per sfidarvi onde evitare il rumore.»

«Vi assicuro che non ho ancora l'onore di essere conosciuto personalmente da quella signora...»

«Il conte però sembra che vi conosca molto bene... A domani!»

A mezzanotte Brusio rientrando trovò una lettera che il cameriere gli disse aver recato due ore avanti una giovane assai elegante, che erasi annunciata per la cameriera della contessa di Prato. Egli aprì con febbrile impazienza la lettera profumata, della quale il bellissimo carattere inglese era tracciato con mano incerta, e vi lesse:

Signore,

Il conte l'ha sfidato. Le condizioni di questo duello sono orribili: due uomini che si battono alla pistola non si battono per una semplice riparazione; si battono per uccidersi. Questo duello è un delitto.

A Napoli si è molto parlato del suo scontro di un mese fa con un giornalista il quale ancora guarda il letto; si dice ancora che ella è un terribile tiratore; il conte anche lui possiede questa sciagurata destrezza... E questi due uomini, che si odiano a morte, andranno, domani, dope essersi abbigliati freddamente, come al solito, dopo di aver fatto attaccare la carrozza, dopo di essersi salutati civilmente, a mettersi a 15 o 20 passi di distanza colle pistole in mano, mirando col triste sangue freddo che deve dare in mano dell'uno la vita dell'altro... Oh! signore!... lo ripeto: questo è delitto!... questo è il più spietato assassinio legale!... O il conte resta ucciso ed io avrò il rimorso di essere stata causa della sua morte... o invece...

Signore... a Catania conobbi un giovane nobile e generoso... che mostrava d'amarmi... Io invoco questa memoria per scongiurare tale disgrazia... Questo duello non deve aver luogo! Si ritratti, signore, il conte accetterà le sue più semplici scuse, e le basterà di fare il primo passo perch'egli le venga incontro a stringerle la mano. Se ha una madre pensi a questa madre, se ha un'amante pensi all'amante, signore... e farà il più nobile sacrifizio che amor proprio d'uomo possa fare evitando questo duello.

Narcisa Valderi

Pietro fu tristamente colpito da quella lettera. Egli si aspettava tutt'altro, egli credeva di trovare affettuose parole di donna amante, e per contro rinvenne la moglie che supplicava il duellista famoso per la vita del marito; egli non vide, non seppe scorgere tutto ciò che lasciava [in]travedere, che accennava anche quella lettera che parlava delle reminiscenze di Catania... poiché a quelle reminiscenze non si era data più importanza di quanta se ne dà a sentimenti che non si dividono; avea riletto due o tre volte una parola, quell'*o invece*... che un momento avea fatto la sua speranza, come se avesse cercato interpretare tutto il senso di quei puntini che la seguivano, e trovarvi quello che il suo cuore voleavi vedere; ma quei puntini potevano anche nascondere, come spesso, il nulla.

Se Narcisa gli avesse scritto semplicemente: *Pietro, non uccidete mio marito, ritrattatevi*: egli non si sarebbe ritrattato, ma non avrebbe neanche fatto il passo che fece, rimandandole la lettera, come una suprema impertinenza.

Sorridendo del suo riso amaro, scrisse, in basso della stessa lettera della contessa, queste sole linee, che gli parve la completassero, e ne fossero la degna risposta, mormorando fra i denti stretti dal sarcasmo: «Ah! costei ha paura che io le uccida il marito!... costei si rivolge al giovane di Catania, e ne accenna la memoria, come si farebbe di un balocco ad un fanciullo; per ottenere il suo intento!... Ma non sa questa donna quali lagrime stillino ancora queste memorie?!...».

Le due linee dicevano: «Se amassi una donna, come io e nessuno può amare - e questa donna mi chiedesse una viltà - io la negherei a questa donna. - Alla signora contessa di Prato posso assicurare che il conte, suo sposo, non correrà alcun pericolo».

Sì, egli l'amava tanto, colei, malgrado tutto quello che aveva sofferto per lei, e forse a causa di ciò, malgrado i torti che si figurava aver ella verso di lui, da farle il sacrifizio della vita senza neanche pensarci, senza neanche farglielo indovinare; mentre l'assicurava della vita di suo marito, ricusandosi nel tempo istesso a far le sue scuse al conte, - ciò che valeva offrirsi come un bersaglio ai colpi di lui.

Quest'uomo che non sapeva se la sera del domani dovesse venire per lui; quest'uomo che andava fra poche ore a barattare una vita giovane e ricca d'avvenire, acclamata, festeggiata, contro un colpo di pistola, dormì tranquillo tutta la notte, poiché si sentiva più vicino a Narcisa, la sirena che gli avrebbe fatto adorare l'inferno per mezzo delle sue seduzioni.

All'alba era alzato e si vestiva. Nel punto di scendere le scale consegnò al cameriere la lettera della contessa dicendogli:

«Recate al suo indirizzo questa lettera, e dite alla contessa di avervela io data nel punto di montare in carrozza. Fate avanzare».

«La carrozza!», gridò il cameriere.

I briosi cavalli lo trasportarono rapidamente all'abitazione del barone, nella strada del Pilierò, ove aspettavano i due testimoni.

VII

Quando giunsero sul terreno, al Vomero, vi trovarono il conte coi suoi due padrini; tutti si salutarono levandosi i cappelli.

«I signori hanno da offrire ritrattazione da parte del loro primo?», domandò uno dei testimoni del conte a quelli di Brusio.

«No, signore»; rispose breve il barone.

Colui sembrò sorpreso, poiché era forse prevenuto dalla contessa di aspettarsi tutt'altro, e cominciò a misurare il terreno d'accordo cogli altri.

Situati i duellanti, i padrini misero loro in mano le pistole, e si allontanarono.

In questa fatta di duelli, l'ultimo colpo è scelto a preferenza dal più coraggioso, o dal più arrabbiato, che approfittando dell'eventuale cattivo esito dell'avversario, può venire a fare il suo colpo a 15 ed anche a 10 passi di distanza; ciò che dà molte probabilità di riuscita. I padrini di Brusio videro dunque colla massima sorpresa, che questi, né novizio, né inesperto, fermo al suo posto (dopo aver mirato un momento con freddezza) avea tratto il suo colpo, il quale avea spezzato un ramoscello, che sorpassando il muro del giardino, a cui volgeva le spalle il conte, si stendeva sulla testa di quest'ultimo. Il conte (che si era fermato dopo tre o quattro passi, facendo l'atto di chi prende la mira più accuratamente per tirare, onde prevenire il giovane) rassicurato dal cattivo esito del colpo di lui, fece tranquillamente i suoi dieci passi, mirando sempre colla calma di un tiratore al bersaglio, e fece fuoco a 20 passi; la palla andò a scalfire il braccio sinistro di Brusio.

«L'onore è salvo!», gridarono i padrini.

Il conte salutò e andò a rimontare nella carrozza coi suoi due amici.

Passando dal Caffè Nuovo offrì una colazione ai testimoni; dei quali uno, quello che avea fatta la domanda di ritrattazione, si scusò di non potere accettare, accusandone un affare urgentissimo e partì.

«In sala c'è un signore che l'aspetta da cinque minuti, e che mostrava aver molta fretta di vederla»; disse il cameriere a Brusio, appena questi fu di ritorno.

«Ha detto il suo nome?»

«No, signore.»

«Va bene.»

Nel salotto infatti aspettava uno dei testimoni del conte, quello che l'avea lasciato al Caffè Nuovo, vecchietto rubizzo ed elegante. Appena vide Pietro gli stese la mano.

«Ero impaziente di stringere la mano dell'uomo più nobile e generoso ch'io m'abbia conosciuto»; gli disse, «e avrà la bontà di perdonarmi se ho rischiato d'essere importuno per affrettarmene il piacere.»

«Io non capisco, signore», rispose Brusio freddamente.

«Sono l'interprete dei sentimenti della contessa di Prato.»

«La contessa di Prato!», esclamò Pietro involontariamente.

«Cui ella ha salvato il marito rischiando la vita.»

«Io? No! sono stato sfortunato: ecco tutto.»

«So che a trenta passi ella mette una palla in un anello. Ho assistito al più strano duello ch'io abbia veduto, ed ho l'onore d'assicurarle che me ne intendo un poco di questi giochetti. Tutto questo mi autorizza a creder poco nelle sue parole, in questo momento, e molto nella sua discrezione e nella sua modestia.»

«Signore!»

«E che!... forse che andiamo in collera perché vengo a recarle i ringraziamenti della contessa?»

«La signora contessa nulla mi deve e nulla ha a ringraziarmi.»

«Stamattina, molto prima di partire pel Vomero col conte, ho veduto un biglietto così concepito in sostanza: *Io non mi ritratterò, ma posso assicurare la signora di Prato che non le ucciderò il marito.* Se la contessa avesse avuto la bontà di cedermi per un quarto d'ora quel biglietto, come io ne l'avea pregata, non avrei avuto la sfortuna, a quest'ora, di esser sì poco creduto.»

Brusio arrossì impercettibilmente e chinò la testa.

«Ella ha letto questo biglietto?...», disse esitando.

«Letto propriamente no; poiché è stata la contessa che ha avuto la bontà di leggermelo.»

Pietro respirò.

«Ebbene?»

«Ebbene! io so tutto. La contessa istessa mi ha tutto rivelato!», aggiunse con enfasi napoletana l'interlocutore di Brusio.

«Ella?!»

«La prego di credere, prima di farsene le meraviglie, ch'io ho l'onore di trovarmi molto innanzi nell'amicizia della signora contessa di Prato, e che ella ha la bontà di mostrarmi tutta la fiducia... Non so se ella m'intende...»

«Non molto, veramente.»

«Eppure è sì chiaro!», aggiunse il vecchietto con un sorriso malizioso. «È adorabile quella contessa!... peccato che lei non abbia la fortuna di conoscerla intimamente...»

«Me ne rincresce di cuore. Sicché?...»

«Sicché ho saputo dalla Valderi, ieri sera», seguitò colui, assumendo completamente l'aria misteriosa e gonfia del vecchio ganimede che si crede sicuro del fatto suo, «che lei, signore, ha voluto, non so perché, rimandare alla signora un mazzo che questa le avea gettato sul proscenio la sera che si rappresentava il suo *Gilberto*; cosa che il conte ha preso in mala parte, per cui n'è seguito lo scontro di stamattina... Quello di più delicato, che la contessa non volle, non seppe nascondermi, è che ella stessa avesse fatto pregare lei, signore, di venire ad un accomodamento, onde il sangue non fosse sparso per una causa sì futile; e le venne risposto con quel biglietto ch'ella mi lesse.»

Pietro sorrise involontariamente nel vedere la pazza persuasione e le galanti pretensioni del vecchietto.

«La contessa», seguitò colui, «ed io stesso non avevamo capito perfettamente quello che volessero dire quelle parole: *Alla signora contessa di Prato posso assicurare che il conte, suo sposo, non correrà alcun pericolo*: e che la sua nobile condotta di stamattina ha spiegato interiamente. Nella mia premura di presentarmi alla Prato con qualche cosa che le fosse gradevole, io son corso a ringraziar lei di cuore, a stringerle la mano per la contessa e per me, essendo sicuro di prevenire il desiderio della signora.»

«Mi permetta di farle osservare che questa sicurezza è, per lo meno, molto arrischiata.»

«Per bacco! dopo aver veduto Narcisa agitata, come ieri sera l'ho veduta; dopo che stamane, prima ch'io partissi con suo marito, ella mi fece chiamare *misteriosamente... segretamente*, capisce?... per scongiurarmi colle più calde preghiere, colle lagrime agli occhi, che facessi di tutto onde venire ad un accomodamento, non c'è bisogno di gran sale in zucca per capire che la contessa dev'essere contentissima dell'esito fortunatissimo di questo affare (poiché, scusi, ma la sua ferita al braccio non può chiamarsi una disgrazia) e che io, dopo aver fatto il possibile per venire all'aggiustamento che ella mi raccomandava, vada ad annunziarle di aver accomodato benone le cose, e aver perfino ringraziato lei.»

Sarei dispiacentissimo però, signore, ove ella, senza volerlo, le avesse reso un servigio che sarà male accolto dalla signora.»

«Male accolto!?... e perché?»

«Giacché il conte n'è uscito illeso, cosa deve importare di me, di uno sconosciuto, a quella signora? E come dovrà accettare che lei vada a dirle: *Ho stretto da parte vostra la mano a quell'uomo che ha avuto la scortesia di rifiutarvi un sommo favore* (poiché non è provato ch'io abbia risparmiato il conte) *e che è andato a scaricare la sua pistola contro il petto di vostro marito?* »

Il vecchietto rimase un momento confuso, come colpito da quella riflessione; ma poco dopo riprese vivamente, quasi trionfante:

«No, no! son sicuro del fatto mio. Lei non conosce la bell'anima di Narcisa; ella sarebbe desolatissima se il minimo accidente le fosse accaduto... L'ho udita con questi orecchi esclamare, torcendosi le braccia: *Mio Dio! se quel giovane morisse... per me!*».

«Ella ha detto questo?!», esclamò Pietro quasi fuori di sé...

«Ma sì! Diavolo... che c'è? Le reca sorpresa che una donna abbia paura del sangue che potrebbe venire sparso per cagion sua?»

«Al contrario... È che... in tal caso... essendo sicuro... essendo certo di rendere a lei un servigio... di farle un buon ufficio presso quella signora... io le darei un attestato di quanto ella ha fatto per scongiurare il pericolo di questo duello... di come ella si è adoperato per far piacere alla contessa...»

«Mio amico! mio caro amico!», esclamò colui, abbracciandolo; «come le ne sarei grato!...»

«E se lei crede che due righi potrebbero esserle utili presso la signora di Prato...»

«Ella è la bontà in persona, ed io le sono devotissimo anima e corpo.»

Senza aspettare che il suo interlocutore fornisse il compito dei suoi enfatici ringraziamenti Pietro si appressò al tavolino da *albums*, aprì una cartella che conteneva foglietti da lettere, e scrisse:

«Un uomo che ha molto a farsi perdonare dalla signora contessa di Prato sarebbe fortunatissimo ove ella volesse indicargli un'ora della giornata in cui potesse venire ad implorare questo perdono ai suoi piedi».

Piegò il foglio e fece mostra di rimetterlo così aperto all'amico della Prato.

«Non occorre di suggellarlo, se lei avrà la bontà di ricapitarlo perso- nalmente alla signora contessa.»

«Anzi! anzi!... suggelli, suggelli pure! Voglio fingere di non sapere di che si tratti... Quest'attestato del quale sembrerò non essere informato, mi gioverà molto presso la mia cara contessa. Ella sarà contentissima di me... poiché... capisce.... ella ha molta bontà per me... non dico per vantarmi...»

«Non perda tempo adunque!», replicò Brusio, spingendolo verso la porta.

«Un altro abbraccio, amico carissimo, un altro abbraccio. Lei troverà sempre in me un uomo tutto suo, un amico vero e riconoscente sino alla morte. Tratti d'amicizia come i suoi, che non si fanno aspettare... che vengono da sé... non si dimenticano... Poiché ella ha avuto la gentilezza d'indovinare... che io per quella cara Narcisa... capisce?!»

«Addio, caro signore.»

«Oh, come mi sarà grata la contessa! come creperanno d'invidia, quegli altri giovanotti, quell'ufficialetto di cavalleria pel primo!... Addio, caro amico.»

Uscì a ritroso, inchinandosi; e Pietro, lasciando cadere la portiera dietro di lui, non poté fare a meno di ridere della trista figura che la sciocca presunzione faceva fare a quel seduttore di 58 anni.

A mezzogiorno il conte rientrò in casa e domandò della moglie.

«La signora contessa è uscita in carrozza», rispose il suo cameriere.

«Uscita diggià!», esclamò il conte con qualche sorpresa.

«Ed ha lasciato pel signore questo biglietto.»

Il conte non dissimulò un movimento di collera, ed esitando ad aprire la lettera, disse bruscamente al domestico:

«Va bene! lasciatemi».

Il biglietto di Narcisa era semplicissimo:

«Lascio questa casa perché sento ch'è impossibile rimanere uniti più oltre. - Sento troppo altamente i motivi che mi spingono a tal passo per nascondervelo. - Non mi cercate adunque: sarebbe inutile. - Vi so troppo ricco e troppo generoso per supporre che possiate far conto della mia dote: vi prego quindi di passare, su questa, 8 o 9 mila lire all'anno al mio incaricato d'affari a Torino, signor Treveri. Credo che basteranno».

Era quanto vi ha di incisivo nell'ardire portato all'audacia, nella franchezza spinta sino al cinismo, della donna volubile e galante, appassionata ed impetuosa.

Quasi nell'ora istessa un elegante calesse si fermava dinanzi il portone di una graziosa casa a due piani nella Strada Nuova.

Un palafreniere, che serviva anche da portinaio, venne ad aprire alla signora abbigliata con distinzione, che era discesa dal calesse, e le additò una scala a sinistra, della quale gli scalini di marmo erano fiancheggiati di vasi di fiori.

In fondo alla corte, legati alle sbarre di un cancello che chiudeva un giardino di piacevolissimo aspetto, scalpitavano tre bellissimi cavalli inglesi.

Nell'anticamera, ad un domestico che incontrò, la dama domandò se il signor Pietro Brusio era in casa.

«Sì, signora; ma non è visibile, poiché è nel suo gabinetto di lavoro.»

«Ditegli che c'è una signora che desidera parlargli.»

«Domando scusa, signora; ma la prego di avere la bontà di ripassare verso le sei, o di lasciare il suo biglietto; poiché quando è nel suo gabinetto il signore non vuol essere disturbato assolutamente.»

«Fategli tenere questo biglietto in tal caso»; insisté la signora con una lieve tinta d'impazienza, prendendo da un elegante porta-biglietti una carta di visita e piegandola: «ditegli che aspetto. Non vi sgriderà certamente per questo».

Il tuono di sicurezza e di superiorità con cui parlava la bella signora vinse le esitazioni del cameriere, che si decise a fare quanto ella diceva.

«Si dia l'incomodo di seguirmi in sala», diss'egli sollevando la portiera di un uscio; «il signore ci sarà a momenti.»

Per giungere al salotto si attraversava una piccola serra a cristalli, che occupava uno dei lati di una terrazza assai vasta, della quale s'era fatto un giardino pensile, sporgente su quella spiaggia incantata della Marinella, che ha il bel golfo di Napoli per orizzonte, e in fondo Capri e Sorrento. Quella specie di stufa, dove vegetavano le più belle piante esotiche, circoscriveva come in un'atmosfera separata dalla città clamorosa, il salotto ed il gabinetto da studio che vi era contiguo. I rumori esterni sembravano estinguersi sulla sabbia finissima del viale, come il più lieve alitare di vento moriva sulle grandi foglie di quelle piante immobili nelle loro masse svariate.

Il salotto era addobbato con lusso; ma quel pensiero tutto originale che avea disposto lo stanzone dei fiori prima di giungervi, e il giardino sulla terrazza, sembrava aver presieduto nei minimi dettagli alla situazione di tutti gli oggetti che lo decoravano. Le porte vetrate, che si aprivano sulla terrazza, erano nascoste, alla lettera, da *persiane* di pianticelle rampicanti; ciò che unito alle pitture dei vetri, e alle doppie tende di raso e di velo, facevano penetrare soltanto nella sala quella mezza luce, che, col lasciare indistinte le forme degli oggetti, vi crea mille nuove immagini, e ne popola la semioscurità di quei mille sogni incantati, di quelle sfumature voluttuose che tanto piacciono alle signore galanti; il passo si arrestava sui tappeti vellutati, come se temesse di destare un'eco che potesse strappare dalla deliziosa preoccupazione che faceva nascere quell'atmosfera.

Il cameriere scomparve senza far rumore per uno degli usci dirimpetto, nascosto dalla stessa tenda di raso celeste. La signora si sprofondò in una delle poltroncine che erano vicine ad un elegante tavolino da *albums*, piccolo capolavoro nel suo genere; subendo anch'essa, senza accorgersene, il fascino che esercitava sui sensi quel luogo ricco di dorature, di sete, di specchi e di profumi: fascino al quale forse ella era disposta.

Poco dopo la tenda si aperse, e comparve un uomo, vestito del rigoroso abito nero, come se volesse dare a divedere di apprezzare tutto il valore della visita che riceveva; ancora pallido, ma di quel pallore che ci fa brillare gli occhi, quando la gioia troppo potente della felicità sembra chiamare al cuore tutto il sangue. Una benda di seta gli teneva al collo il braccio sinistro.

Un momento però egli sembrò ondeggiare indeciso, mentre fissava i suoi occhi scintillanti su quel corpo da fata (che accennava appena le sue seduzioni sotto le linee quasi vaporose delle vesti, voluttuosamente disteso sulla poltroncina) e su quegli occhi che lo fissavano del loro sguardo più bello, mentre il sorriso più dolce errava sulle labbra di lei. Come se avesse temuto di rompere l'incanto di quel sogno troppo bello per lui, [egli] esclamò, quasi impaziente, verso un testimonio che gli stava vicino, ma che però non si vedeva:

«Non ci sono per nessuno. Quando vi voglio suonerò. Andate».

Non si udì sul tappeto, molto spesso, il passo del cameriere che si allontanava.

Pietro si avanzò lentamente verso la dama, come se avesse voluto assaporarne, con una voluttuosa economia d'analisi, tutte le emanazioni inebbrianti. Ella, nella sua positura da sirena, lo fissava sempre senza parlare.

Il giovane non pensava neanche a proferire la più semplice formola di civiltà. Una parola sola irruppe spontanea:

«Lei!... lei, signora!... da me!».

«Che c'è di strano?», rispose ella con un indefinibile sorriso. «Non ha ella rischiata la vita per me, perché io venga a rischiare quelli che il mondo chiama riguardi per lei?...»

Gli stese la destra, dopo essersi tolto il guanto; egli esitò a prendere quella mano, che, forse per fargli provare in tutta l'intensità il brivido del suo contatto, gli si metteva nuda fra le sue.

«Ho ricevuto il suo biglietto dal signor Briolli. Se lei ha molto a farsi perdonare, io ho molto a ringraziarla... Ho verso di lei uno di quei doveri di gratitudine dinanzi a cui le convenienze sociali scompaiono; e son venuta a ringraziarla, signore, della sua azione sì nobile, sì generosa sino al sacrificio!...»

Invece di rispondere, Pietro seguitava ad ammirare, come si fa di un oggetto prezioso, quella manina bianca ed affilata che si teneva fra le sue senza osare di stringerla, come se temesse di farne appassire la delicata bellezza.

«E questa ferita!... Dio mio!...», continuò la contessa commossa vivamente.

«Nulla... una scalfittura.»

Narcisa si avvide forse allora della tacita ammirazione con cui il giovane si teneva quella mano sulle palme, e, arrossendo impercettibilmente, fece un movimento per ritirarla.

«Oh! la lasci!...», mormorò egli come un fanciullo che parli in un sogno delizioso. «È cosi bella!...»

La contessa, ancor più rossa di prima, ma sorridendo cogli occhi e le labbra del suo sorriso inebbriante, con un movimento rapidissimo e quasi istintivo di grazia squisita, o di sopraffina civetteria, gli porse l'altra, lasciandole in quelle di lui e guardandolo fisso negli occhi. Pietro volle baciare quelle mani da fata; ma gli parve un peccato, come gli era sembrato lo stringerle, di sfiorare colle sue labbra quella pelle rasata.

Dopo un momento di silenzio la contessa riprese:

«Uno dei testimoni di mio marito, il signor Briolli, mi ha fatto conoscere tutta la generosità della sua condotta... Se io avessi potuto sospettare che alla mia preghiera ella doveva rispondere con tal sacrificio, io avrei inorridito di avanzarla... come ora ho rimorso...».

«Non mi parli di ciò!...», interruppe quasi brusco il giovane, come se avesse temuto di destarsi.

«Noi abbiamo torti reciproci», aggiunse Narcisa col suo sorriso ammaliatore; «siamo franchi in tal caso dall'una parte e dall'altra per poterceli perdonare scambievolmente...»

«Reciproci torti?», interruppe Pietro come trasognato.

«I miei saranno più gravi», rispose Narcisa; «ma ho la buona fede di confessarli e la risoluzione di espiarli... E voi?...»

«Io non me ne trovo che uno!... ma sì grande... che io non oso rammentarlo senza arrossire in faccia a voi...»

«Confessatelo allora; forse vi verrà perdonato.»

«Contessa!...»

«È molto grave adunque perché non abbiate il coraggio di questa confessione?»

«Le vostre parole me lo danno; io ho commesso l'indegnità d'insultarvi rimandandovi il mazzo e l'anello, e poco fa anche il biglietto...»

«Avete avuto torto nell'ultimo caso, non l'avevate nel primo...»

«Perché?»

«Perché nel primo caso quello che a voi pare colpa, mi provava piuttosto...»

«Narcisa!...»

«Che voi...»

«Che io vi amo come un pazzo!... come un uomo che non è più conscio di quello che fa, perché voi gli avete tolto la mente e la ragione, Narcisa!...»

Così dicendo Pietro divorava coi baci quelle mani che si teneva fra le sue.

«Ora che la vostra confessione è fatta», diss'ella, non rispondendo direttamente, «veniamo alla mia.»

Pietro si accosciò sul tappeto ai piedi della contessa, tenendo sempre le sue mani.

«Vi scrissi di aver conosciuto a Catania un giovanetto generoso sino al sagrifizio, nobile sino all'eroismo... Perdonatemi, non m'interrompete. Allora non sapevo chi fosse, non conoscevo che un giovane come se ne veggono tanti, inferiore fors'anche a quei giovani eleganti che mi facevano la corte. Anch'esso mi faceva la corte alla sua maniera, come la fanno i provinciali e gli adolescenti... Guardai qualche volta costui che incontravo sempre sui miei passi in istrada, sulla porta del Teatro, uscendo e rientrando in casa... Qualche volta, quando paragonavo il suo stato a quello di coloro che mi amavano come lui ma che potevano dirmelo o almeno provarmelo, aspirare almeno ad un mio sorriso, ad una mia parola... mentre costui doveva sacrificarsi giorni e notti intieri per vedermi scendere da carrozza o per passarmi d'accanto al ritorno da un ballo, ebbi un momento di curiosità, ed anche di riconoscenza sì lontana da sfumare nella compassione, per questo giovane che mi amava in tal modo, e mi amava senza speranza... Poi non ci pensai più...

Poco tempo fa lo rividi in una festa»: riprese la contessa: «era l'uomo in voga; l'alta società avea per lui le più squisite cortesie, le donne più belle e più nobili gli sorridevano... Un vero trionfo! Io ammirai quella fronte larga e pallida, e mi sembrò di scorgervi qualche cosa di nobile che non vi avevo prima notato; mi parve di leggere un mondo intiero nei suoi occhi, sebbene alquanto malinconici. Lo sguardo ch'egli mi volse mi fece pensare al giovanetto sconosciuto... e provai una viva commozione a quel pensiero: c'era trionfo ed orgoglio soltanto, in quel punto. Oh! io sono schietta, signore, per farmi credere quello che ho da dire in seguito. Quest'uomo avea fatto un miracolo pel mio amore un miracolo da genio... Io l'ho veduto in quell'opera, come egli non ha veduto che me creandola, prendermi la mano, sorridendo del suo triste sorriso, e farmi passare in rassegna il suo cuore coi suoi palpiti, le sue speranze e le sue lagrime... e trasportarmi ai giorni delle vaghe aspirazioni e dei sogni ineffabili. Poi mi ha fatto piangere del suo pianto disperato a quelli spasimanti di passione... e si è arrestato anelante, spossato, colle braccia stese, nel punto in cui sentiva sfuggirsi questo fantasma a cui incatenava la sua esistenza... Oh, in quel momento, signore... s'io avessi veduto dinanzi a me quest'uomo, come l'ho veduto nel suo sogno, nel suo dramma... gli avrei steso le braccia ad incontrare le sue...».

«Narcisa!...», mormorò soffocato Brusio, sollevandosi sino ad inginocchiarsi.

«Qualche volta, quando penso a quest'amore sì ardente e sì immenso, che non avrei saputo immaginare se non l'avessi ispirato, io che ho sorriso e folleggiato fra le ancor più folli proteste di mille galanti, io stordita da quest'incenso d'adulazioni e di corteggio che gli uomini più eleganti, più ricchi e nobili si affollano a bruciarmi ai piedi... io ho un movimento d'incerto terrore; ...mi pare che debba esser terribile, divorante, questa passione, quando è giunta a tal grado; ...mi pare ch'essa debba assorbire la vita in un bacio di fuoco... ma in un bacio di tale ebbrezza da sembrare troppo piccolo compenso la vita, e troppo corti i giorni per avvelenarsene...»

«Narcisa!!...», ripeté Pietro colle lagrime agli occhi, prendendole le mani con violenza, mentre avea ascoltato sin allora cogli occhi spalancati e fissi, come pazzo di felicità, e coi gomiti appoggiati sulle ginocchia di lei.

La fata si curvò mollemente verso di lui, e gli posò le braccia sulle spalle... poi lo sollevò lentamente, con quell'abbandono inimitabile e seducente che le era particolare; e guardandolo sempre col suo sorriso da sirena gli susurrò, quasi sulle labbra, colla sua voce più bella e più carezzevole:

«Son venuta a vedere il tuo gabinetto da studio... Pietro...».

Quel soffio passò come un vento ghiacciato sul sudore che inondava la fronte di lui, che, impotente a più contenersi, la sollevò, prendendola tra le braccia, come un caro fanciullo, e la divorò di baci, singhiozzando in un sublime delirio: «Tu sei il mio Dio! ed io non avrò mai forza per amarti come vorrei!!!...».

La portiera ricadde ondeggiante dietro di loro.

Pochi giorni dopo, verso il tramonto, due giovani che s'avvincevano colle braccia allacciate, come le *rampicanti*che coprivano i fusti dei grandi alberi del giardino pensile, appoggiati alla ringhiera di pietra della terrazza, guardavano il sole che tramontava dietro quel mare azzurro che si stendeva immenso ai loro piedi ed ove si specchiavano Ischia e Procida. Narcisa teneva appoggiata la testa sulla spalla di Pietro, e di quando in quando si aggrappava al collo di lui colle sue candide braccia per passare le sue labbra sulla fronte e gli occhi di lui con mille baci muti della sua bocca tremante che ne formavano un solo.

«Che vita!... mio Dio! che vita!!!...», mormorava ella soltanto qualche volta.

«Eppure, mio dolce angioletto, quando io bacio questa tua fronte, e mi premo fra le labbra questi capelli, e ti chiudo gli occhi colle mie mani, e mi sento fremere fra le braccia questo tuo corpo da fata... io non credo, no... malgrado che io chiuda gli occhi, malgrado che io torturi disperatamente il mio cervello, per crederlo, che ciò che io provo di sì immenso, di sì convulso, di sì spasimante nella voluttà del piacere, nel delirio del godimento, mi viene da te; ...che tutto ciò non è uno splendido sogno della mia fantasia, come ti sognai nel mio dramma... e ti sognai delirante, stringendomi la testa infuocata fra le mani, premendomi il cuore che sembrava scoppiarmi, seduto sul marciapiede di faccia ai tuoi veroni!... No... io non posso credere che quella donna che incontravo al passeggio, al braccio di un altro uomo, fra l'ammirazione di quanti la vedevano, facendo palpitare il mio cuore col fruscio del suo strascico sulle vie;... che quella donna che vidi al Teatro; che mi passò da presso senza guardarmi; che seguii come un fanciullo, come un cane; ...che non mi stancai a vedere dalla strada, per due mesi intieri, sotto la sua casa, ascoltando il minimo rumore che mi venisse da lei, che mi accennasse la sua presenza facendomi trasalire; ...che quella donna che proferì quelle parole... quella notte... dal verone; ...che mi torturò il Cuore colle note strillanti del suo valtzer, quando mi parve che il mio cuore fosse rotto;... che quella donna ch'io non osavo avvicinare per non rompere il cerchio luminoso che la circondava d'aureola, per non rapirle un atomo di quella atmosfera profumata della quale ci circondava, che faceva il suo prestigio; ...che quella donna che adorai infine come un pazzo, spaventandomi di adorarla in tal modo, è mia!... mi ama!... mi è fra le braccia!!... che io posso chiamarla ogni giorno, ad ogni ora, ad ogni minuto; ...che io ad ogni ora, ad ogni minuto posso udire quella voce che proferì: *Quell'uomo è pazzo*: che mi dice che m'ama!... che io posso ad ogni ora, ad ogni minuto vivere la sua vita e suggergliela coi baci delle labbra... Oh, no!

Narcisa... per credere a ciò bisogna che noi ritorniamo a Catania, che noi abitiamo quella stessa casa che io guardai con più venerazione della casa di Dio; che io respiri l'aria istessa di quelle camere; che mi metta a quel verone, con te, al posto che occupavi seduta sulla poltrona; e che io ti legga, seduto accanto alle tue ginocchia, come quell'uomo... Bisogna che mi metta con te, di notte, a quell'ora, a quel verone; e che tu ripeta quelle parole infami che io annegherei sulle tue labbra coi miei baci; bisogna che le tue mani ripetano su quel pianoforte le note di quel valtzer che m'inseguirono spietatamente quando fuggivo delirante come se fuggissi il cuore che sanguinava dirotto; bisogna che io mi segga su quel marciapiede, colla fronte fra le mani, come allora; e che io ascolti lo stormire di quegli alberi, il suono di quell'orologio, il murmure lontano di quel mare, il fruscio della tua veste;... e che io vegga il lume che rischiara la tua camera;... e che la tua voce soprattutto, la tua voce inebbriante, mi ripeta ad ogni ora, ad ogni minuto, che quello non è un sogno, che io non son pazzo;... e che le tue labbra, posandosi sulla mia fronte, mi scaccino questo turbine affannoso che mi sconvolge la mente, che mi fa dubitare della mia felicità....»

«Andiamo a Catania!», mormorò Narcisa, dandogli un lungo bacio e bagnandogli la fronte di due lagrime di voluttà.

VIII

Sig. Raimondo Angiolini - Siracusa.

*Catania, *** Agosto 186**

Amico mio,

apro oggi soltanto le lettere che mi son pervenute da due mesi per la posta, delle quali alcune tue e di mia madre sono vecchie da più di 70 giorni. Povera madre! che avrà pensato di me?!... Eppure se ella avesse potuto conoscere la felicità del figlio suo, se sapesse i godimenti immensi dei quali mi sono inebbriato, ella sarebbe lieta, quella buona madre, del lungo silenzio del figlio, che le proverebbe ch'egli ha dimenticato tutto onde vivere soltanto per questa vita di cui un'ora vale un secolo, per immergersi tutto in questo sogno febbricitante, in cui i brividi del piacere sono sì potenti da farlo riscuotere gemendo come di spasimo.

Raimondo, se, 15 mesi fa, quando seguitavamo quella sconosciuta, della quale cominciavo a subire il fascino inenarrabile, tu mi avessi detto: «costei, per uno di quei miracoli che provano Dio, avrà una parola, una sola parola per te»... io non avrei osato lusingarmi di questa speranza... io avrei temuto di carezzarla. Ed ora, nel momento in cui ti scrivo, questa donna, che di tutto ciò ch'è leggiadro s'è fatto un corteggio splendido, questa donna che ha il sorriso ammaliatore, gli sguardi inebbrianti col loro raggio pacato, le promesse più affascinanti nel suo voluttuoso abbandono, questa donna mi ama!... me l'ha detto colle sue labbra posate sulle mie!... Questa donna io l'ho posseduta; io la possiedo!... *È mia!*... Quel cuore del quale mi spaventavo a scandagliare i misteri reconditi, come se gl'immensi tesori d'amore che vi si racchiudono avessero dovuto annegarmi nei loro diletti sovrumani, quella vita ch'è tutta un fremito di voluttà, io l'ho sentito palpitare fra le mie braccia... Essa è vissuta sotto il mio tetto; ha passeggiato al mio braccio; ...e le sue labbra hanno chiuso i miei occhi la sera, per riaprirmeli l'indomani!... Io ho baciato quei capelli, quella fronte, quegli occhi, quelle labbra; io mi son cullata quella testolina sui miei ginocchi, ed ho passato le intiere notti fantasticando cogli occhi fissi in quegli occhi, a leggervi tale amore che mai uomo in terra conoscerà.

Raimondo, sai tu cos'è questa donna?... È l'amore con tutti i suoi palpiti più arcani e misteriosi; è la voluttà con tutti i suoi sussulti più ardenti; è il delirio con tutti i suoi sogni più febbrili. Io non arriverò mai a farti immaginare qual fremito di piacere si provi quando quella mano da fata, colle sue unghie rosee, colle sue dita affilate, colla sua pelle rasata e candida si posa sulla fronte; e quando quegli occhi fanno passare nei miei baleni di quest'amore che al primo urto scintillano come il cozzo di due spade, e che inebbriano come un veleno.

Questa donna che vivea pei piaceri, della quale il lusso era il bisogno come l'aria è il bisogno dell'uomo, questa donna non esce più quasi mai; rifiuta tutti gl'inviti; si alza all'alba, per venire ad appoggiare la sua testa sulla mia spalla, mentre io lavoro; per venire a spargermi il tavolino di fiori ch'ella ha colti per me... per dirmi di quelle parole che ella sola sa dire. È una vita straordinaria che noi facciamo: una vita che c'invidierebbero molti e che molti compiangerebbero come una pazzia.

A Napoli noi uscivamo qualche volta, la sera, verso mezzanotte, in carrozza, e andavamo a Mergellina per la Riviera di Chiaia. Io non ti potrei esprimere le sempre nuove sensazioni che costei mi faceva provare, in quell'ora, seduta accanto a me sui cuscini della carrozza.

Noi lasciavamo il calesse per correre, di notte, come fanciulli, tenendoci per la mano, sedendoci a terra quando eravamo stanchi.

Il sole ci sorprendeva spesso ancora passeggiando, come nelle prime ore della notte; e allora noi correvamo a casa per levarci poi alle cinque.

Qualche altra volta uscivamo a cavallo. Narcisa cavalca come un'amazzone, e noi galoppavamo verso Posillipo. Io mi spaventavo nel vedere con quale audacia piena di grazia quel fragile corpo che sembra soltanto armonizzato per le più delicate carezze, quella giovane nervosa che sembra vivere una vita a metà aerea come quella di una farfalla, sfidava i pericoli della corsa, superando gli slanci impetuosi di *Arbek*, il mio focoso cavallo, con tutta la disinvoltura di un cavallerizzo.

Quando ritornavamo, coi cavalli anelanti e coperti di spuma, Narcisa si lasciava cadere nelle mie braccia, avvinghiandomi le sue al collo; ed io la trasportavo, come una bambina, sulla sua poltrona accanto al pianoforte.

La sera facevamo della musica insieme. Ella è di un gusto squisito, quantunque non possegga tutte le facilità di un pianista. Quand'ella suona io sto seduto al suo fianco, colle braccia allacciate attorno alla sua vita; ella s'interrompe per guardarmi, per sorridermi; ...e quando mi ha guardato un pezzo, com'ella sola sa guardare, mi chiude gli occhi coi baci. Colle mie mani fra le sue ha voluto ch'io le narrassi tutta la mia vita, colle più minute particolarità... Ha sorriso del suo caro sorriso a ciascuna rimembranza delle mie follie di giovinezza, e mi ha detto: «Giammai tu amerai come hai amato me!...».

E come ebbra del suo trionfo mi ha circondato la testa delle sue braccia.

Ora, da quaranta giorni, noi siamo a Catania, dove ad ogni passo io provo delle emozioni ineffabili. Spesso rimango delle ore intiere a contemplare l'oggetto insignificante che mi ricordo aver veduto quando amavo Narcisa di quel terribile amore senza speranza.

Io ho salito quella scala, ho passeggiato per quelle stanze, ho dormito sotto quel tetto... ho veduto la sua camera... Qual camera! se la vedessi, Raimondo!...

Un uomo che non avesse mai conosciuto Narcisa ne immaginerebbe il ritratto fisico e morale quando avesse soltanto veduta la sua camera.

Dappertutto velluti e sete; e, a renderne meno pesante la ricchezza, meno severo e più diafano il colorito, veli dappertutto, e fiori, e un profumo appena sensibile, ma molle, delizioso; il profumo della sua pelle delicata...

L'altra notte udii rumore nel suo appartamento; mi levai anch'io e la trovai al verone istesso dove io la vedevo qualche volta, cogli occhi fissi sulla strada dove altra volta io passavo parte delle notti.

Mi accorsi che aveva pianto. Come mi vide mi gettò le braccia al collo e scoppiò in singhiozzi.

«Oh! è l'eccesso della felicità che mi fa male!», mi disse.

E l'alba ci trovò ancora a quel verone, abbracciati.

Raimondo!... Ti svelo un gran mistero del mio cuore, che Narcisa non dovrebbe mai conoscere. In mezzo a questi deliranti piaceri, in mezzo a questa felicità che il Paradiso non mi potrebbe mai dare, ho un pensiero che mi è quasi terrore, che mi agghiaccia il bacio sulle labbra... e ciò quando penso che a forza d'inebbriarmi a questa coppa fatata, i sensi dell'uomo, troppo deboli per la piena di tanta felicità, non si istupidiscano nel godimento;... che io non possa più assorbire in tutti i più squisiti particolari questa rugiada d'amore di cui ella mi abbevera;... che, infine, (ho terrore di ripeterlo a me stesso!) a forza d'immedesimarmi nella vita di lei, a forza di assorbirne tutte le emanazioni quando me la stringo fra le braccia, io non giunga a rompere quel velo aereo, direi, di cui Narcisa si circonda, e che comanda quasi la semioscurità, l'isolamento, per farla meglio ammirare... Raimondo, se ciò avvenisse, sento che mi farei saltare le cervella.

Quando le parlo del suo passato ella mi risponde, inebbriandomi del suo sguardo:

«Ciò che io rimpiango sono i giorni che vi ho passato senza di te, e che avrebbero accumulato tesori d'amori e di ricordi trascorsi al tuo fianco».

Io ti ringrazio, amico mio, delle cure affettuose che prodighi alla mia famiglia. Vicini a te, quei miei cari, io son tranquillo sul loro stato. Dirai a mia madre che non oso scriverle; e che qualche giorno correrò sino a Siracusa per farmi perdonare il mio lungo silenzio fra le sue braccia. Addio, addio! Narcisa mi chiama; domani forse ti scriverò più a lungo.

Il tuo Pietro

Sig. Raimondo Angiolini - Siracusa.

*Aci-Castello. *** Novembre 186**

Signore,

Pietro mi ha parlato sì spesso di lei, che il suo nome è per me quello di un amico. È come a fratello che io scrivo dunque, o signore... come ad un uomo che è l'amico del mio Pietro... E son sola... e non ho nessuno a cui aprire il mio cuore, per mezzo di cui far pervenire, in queste memorie, i miei ultimi ricordi a *lui*!

Qual vita ho fatta!... Dio! Dio mio!... Mi pareva impazzire dalla felicità; come ora mi pare impazzire dal dolore, quando penso a quelle ore trascorse come baleni nelle sue braccia, a quei suoi baci che sembravano divorarmi, a quelle sue ferventi parole che mi atterrivano quasi colla violenza della sua passione... a quei sei mesi tutti d'amore di cui noi assorbivamo i giorni con disperato anelito di piacere...

Ed ora...

È triste quello che ho a dirle, signore!... Oh, è ben triste!... Io ho soltanto la forza di scriverne poiché è il solo conforto che mi rimanga, poiché questi versi saranno letti da *lui*... che, allora soltanto... forse... comprenderà di quale amore l'ho amato...; poiché io, infine, vi provo un penoso godimento, dopo quello che mi resta soltanto ad aspettarmi...

Se dieci mesi addietro, quando ero a Catania, avessi potuto sognarmi la vita che ho fatto con questo giovane, io avrei riso di me come una pazza. Ora piango, signore... piango lagrime disperate, che cassano le disperate parole che scrivo.

A Napoli lo vidi circondato da quell'aureola che dà la rinomanza dell'ingegno; lo vidi festeggiato, messo in moda. Pensai che quest'uomo, di cui molte duchesse avrebbero fatto il loro amante, aveva passato quattro mesi sotto i miei veroni; pensai a quest'uomo cui l'amore, ch'io gli aveva ispirato, aveva solcato le guancie ed elevato il cuore sino al genio... e l'amai... l'amai come mai avevo amato... come non m'era parso che si potrebbe amare giammai.

Quest'uomo, questo giovane ch'io non avevo distinto in mezzo alla folla che lo circondava, recava nel cuore tesori ineffabili di passione, in cui assorbiva tutto il mio essere. Quest'uomo per sei mesi, sei intieri mesi, mi formò una vita di baci e di carezze.

Noi non uscivamo quasi mai. La sera ci recavamo sulla terrazza che guarda il mare e restavamo là spesso sino a giorno; qualche volta soltanto uscivamo in carrozza o a cavallo, ma sempre assieme.

A Catania noi seguitammo ancora due mesi questa vita incantata che per me sarebbe rimasta un mistero senza di lui.

E poi...

Alcuni giorni dopo Pietro cominciò ad invitarmi ad uscire... ad andare in società... Mio Dio! mi pareva che avessi dovuto aver rimorso di quel tempo che bisognava rubare al nostro amore. Allora egli mi disse che per lui, che dovea farsi un avvenire, era impossibile seguitare a vivere così ritirato dal mondo, e che quest'avvenire gli imponeva qualche sacrifizio; che, infine, per quella sera avea un invito al quale non poteva mancare.

Lo pregai di andar solo, soffocando un penoso sentimento che quasi mi faceva piangere d'angoscia.

Nei primi mesi che noi passammo assieme Pietro non avrebbe pensato a ciò. Quel fervente amore di lui cominciava dunque a dar luogo ai calmi pensieri dell'avvenire... Non osai gettare uno sguardo su quel baratro che si spalancava lentamente ad inghiottire la mia felicità.

Quando venne a stringermi la mano, quando udii il rumore della sua carrozza che si allontanava, non potei frenare le lagrime, e mi misi al pianoforte per distrarmi.

Mi venne sotto le mani *Il Bacio* di Arditi, quel valtzer ch'egli mi fa ripetere sì spesso marcandone il movimento coi suoi baci sulla mia testa. Quelle note mi parve che piangessero, e chiusi il pianoforte con impazienza.

Lo aspettai al verone sino a mezzanotte: non veniva ancora. Ebbi timore di lasciargli scorgere il mio affanno, se mi fossi lasciata trovare aspettandolo, mi ritirai nel mio appartamento. Presi un libro a caso, ma non potei leggerlo.

Verso le tre udii finalmente la carrozza che rientrava sotto il portone, e i passi di lui sulla scala. Ma egli non venne a cercarmi.

Divorata dall'impazienza, suonai per domandare di lui.

«Il signore è ritornato»; mi rispose la mia cameriera, «ma è rientrato quasi subito nelle sue stanze.»

Non era venuto almeno, come faceva ogni sera, a darmi il bacio della buona notte.

Ebbi un istante il pensiero d'andare da lui, ma lo soffocai, colle mie lagrime, fra i guanciali.

L'indomani, prima ancora dell'alba, ero levata, poiché non avevo dormito un secondo; ed andai ad aspettarlo nel salotto, sperando che anch'egli vi sarebbe venuto.

Egli si alzò soltanto verso le undici, e immediatamente venne a cercare di me.

«Come sei bella, mia Narcisa!», esclamò egli abbracciandomi con effusione; «mi pare di amarti dippiù ogni volta che ti rivedo!»

Alzai gli occhi, umidi di lagrime, su di lui, atterrita dall'idea che quelle parole fossero simulate.

No! non era possibile in lui... nel mio Pietro!... il più nobile cuore ch'io abbia conosciuto: era il suo sguardo ardente di passione, e la sua voce che recava l'accento del cuore.

Singhiozzante gli gettai le braccia al collo, come per non lasciarmelo sfuggire mai più, e nascosi la testa nel suo petto.

«Che vuol dire questo pianto?», domandò egli asciugandomi gli occhi coi baci; «son molto colpevole adunque?»

«Oh, no! no!...», singhiozzai; «è che... quello che provo vedendoti...»

Egli mi abbracciò, muto, senza rispondere, quasi pentito.

Per otto o dieci giorni non mi lasciò più un minuto.

Sentivo che questa felicità sovrumana mi logorava lentamente, e mi dava ogni giorno forze novelle per sopportarne la piena.

Il giorno che ci fu recato un invito per una serata che dava C***, Pietro mi disse:

«Vi anderò soltanto a condizione che ci venga anche tu».

«Perché piuttosto non uscire assieme, a farci una delle nostre passeggiate sì belle?!... Sai bene che per me i godimenti che dà la società, il gran mondo, non hanno più attrattive...», gli risposi.

«Bisogna forzarti; non puoi vivere sempre come vivi. Tu sei un angelo di bellezza, ed io sono orgoglioso di te; voglio godere del tuo trionfo.»

«Giacché lo vuoi...», gli dissi reprimendo un sospiro.

«Una sera», seguitò egli tenendosi le mie mani fra le sue, «una di quelle sere in cui ti cercavo come smaniante, avevo perduto la speranza d'incontrarti; quando vidi passare, al braccio del conte, una donna vestita di bianco, con un semplice *bóurnous* bianco sulle spalle, di cui il cappuccio era tirato sulla testa: avea il corpo svelto ed elegante, l'andatura molle ed incantevole, il sorriso affascinante, alcuni ricci neri scappanti dall'orlo del cappuccio bianco sulla fronte di un candore più puro e direi più rasato. Eri tu!... che parlavi a quell'uomo, che sorridevi a quell'uomo... che non potevi sapere quel che provava quell'incognito che ti passò d'accanto senza che te ne avvedessi. Sentii stringermi il cuore da una mano di ferro... Ti seguii trepidante, divorando degli occhi il tuo passo, i tuoi movimenti, il tuo minimo gesto; reprimendo i battiti del mio cuore per udire l'insensibile fruscio della tua veste... Ti seguii senza speranza che tu ti rivolgessi a vedermi... Andavi da S***. Ti aspettai in istrada sino alle tre, ora in cui la tua carrozza venne a prenderti, vedendo passare i fortunati che andavano a quella festa, che dovevano vederti ed esserti vicini; guardando la luce abbagliante che scaturiva dai veroni aperti, le allegre coppie che si aggiravano per le scale; ascoltando il suono di quella musica festante. Due o tre volte mi sembrò di vedere la tua figura, l'ombra tua, che girava fra le vorticose coppie di un valtzer... e piansi lagrime ardenti, disperate;... e passeggiai delirante come un pazzo, sotto quella casa... Ora voglio che tu ti vesta di quegli abiti, Narcisa; che quel cappuccio bianco copra i tuoi capelli. Io non posso esprimerti quegli atomi, quelle percezioni di sensazioni ineffabili che provo in queste reminiscenze; cercando d'illudermi spesso sino alla realtà del dolore che provai, per sentire più viva l'ebbrezza della felicità che tu mi dai ora!»

E mi abbracciava, e mi baciava frenetico, ardente.

In mezzo a quelle parole che mi facevano piangere di gioia una frase mi era rimasta fitta dolorosamente come una spina nel cuore: egli avea detto: *Non puoi vivere sempre come vivi!...*

Quella vita che avea formato il mio paradiso, adunque, quella vita che noi non avevamo vissuto che per amarci, che per comunicarcela l'un l'altro coi baci, non poteva sempre durare... non era stata che la *luna di miele!...*

Quando pensai al come vivere un sol giorno senza tal vita, fremetti di terrore, e corsi a vestirmi per nasconderlo a lui.

Uscimmo a piedi lungo la cinta esterna della città, per godere di un magnifico lume di luna. Pietro si mostrò sì allegro, sì contento della nostra felicità, che per qualche tempo riuscì a scacciare anche i miei tristi presentimenti. Non seppi nascondergli la penosa impressione che mi avevano lasciato le sue parole: *Non puoi vivere sempre come vivi.*

«Sì,», mi rispose egli, «i piaceri, le feste, ti sono necessarii, poiché ti fanno brillare come un diamante messo in luce... sono necessarii al mio istesso amore per provare quello che provavo d'indefinibile nel fascino che ti faceva abbagliante fra tutte le pompe del tuo lusso.»

«Queste parole mi fanno male, Pietro!», supplicai stringendomi contro il petto il suo braccio.

«Perché?», domandò egli sorpreso.

«Perché mi provano che tu non potrai amarmi sempre come mi hai amata, come ormai è necessario che tu mi ami perché io viva!»

«Sei pazza!», esclamò egli, baciandomi sulla bocca.

Rimasi fredda, muta a quel bacio; fissando i miei occhi nella luna per dissimulare ch'erano umidi di pianto. Le lagrime che solcarono le mie guancie mi tradirono.

«Ma che hai dunque?», esclamò Pietro fermandosi, vivamente commosso, e abbracciandomi: «che ti ho fatto, Dio mio?!...».

«Oh, perdonami... perdonami!», singhiozzai, premendomi le sue mani sulle labbra; «son io che son folle!... perdonami, Pietro!... tu puoi farmi felice con una parola... Mi ami ancora?... mi ami sempre... come mi amavi?...»

Pietro soffocò quelle parole sulle mie labbra coi baci, suggendo avidamente le mie lagrime.

«Oh! che ti ho fatto io per meritarmi questo?!», mi diss'egli colla voce tremante, dominando a stento la sua emozione. «Non ti adoro come sei degna di essere adorata?!... Amarti ancora!... ma ogni giorno che passa è un affetto nuovo che si aggiunge all'immenso affetto di cui ti amo!...»

«Grazie! grazie, amico mio! Tu non sai qual bene mi facciano queste parole... come io ne avevo bisogno!... E... e... se qualche giorno.... se mai...», ed io stentavo a proferire fra i singhiozzi che mi soffocavano, «tu non mi amassi più, tu non mi amassi come prima, come io voglio essere amata da te... tu me lo dirai... dammi parola che me lo dirai!... meglio questo che l'agonia dell'incertezza. Tu non sai mentire, Pietro!... tu me lo dirai!...»

«Narcisa!...»

«Oh! fammela questa promessa, Pietro!... tu puoi farmi felice con questa parola...»

«Ma sei pazza... calmati, amor mio...»

«Oh no! te lo chiedo ginocchioni... promettimi... promettimi che tu mi dirai... che me lo dirai quando non mi amerai più!...» E le mie ginocchia, senza avvedermene, si piegarono.

«Mio Dio! Narcisa... Io non so quello che tu abbia stasera; ma se ciò può farti piacere, quantunque io senta tutta l'inutilità di tale promessa... se ciò può servire a calmarti... ebbene!...io te la do.»

«Oh! grazie, grazie!», esclamai baciandolo in fronte, con un doloroso trasporto; «grazie!... Io sarò più tranquilla!... potrò almeno godere senza sospetto questi giorni di felicità che puoi darmi...»

«Narcisa!... per pietà!...»

«Oh, no... Pietro! non vedi che son felice, ora?!...»

Egli rimase triste e pensieroso lungo tutta la strada.

Io provavo un inenarrabile godimento nell'appoggiarmi al suo braccio, nel sentire palpitare contro il mio polso quel cuore che ancora palpitava per me. Tre o quattro volte alzai gli occhi su quel volto maschio ed energico che adoravo, che divoravo dello sguardo, come se fossi avara dal bene che possedevo ancora di saziarmene.

«Confessiamo», disse Pietro nel salire le scale della casa ove andavamo, sorridendo ancora con una lieve tinta di mestizia, come per scacciare la penosa preoccupazione che ci aveva invaso ambedue, «confessiamo che siamo pure i gran fanciulli, e che i nostri discorsi sono stati ben singolari per due innamorati che vanno ad una festa da ballo.»

Respirai più liberamente quando la carrozza ci trasportava rapidamente verso la nostra abitazione: mi parea d'essermi levato un gran peso dal cuore col togliermi quella maschera di convenienza che la società esige, e che, quella sera, in mezzo a quella splendida folla, mi era sembrata odiosa.

L'indomani Pietro si rimise a studiare di lena, come non l'avevo mai veduto lavorare. Io passavo i giorni nel suo gabinetto di studio, disegnando o sfogliando i fiori dei quali era sempre piena la giardiniera che contornava il suo tavolino, e dei quali spargevo le foglie sulla carta in cui egli scriveva; o, quand'egli lo voleva, andavo al pianoforte e gli suonavo il pezzo che [mi] domandava.

Egli usciva sempre la sera per darsi un poco di distrazione, che le occupazioni assidue del giorno gli rendevano necessaria. Qualche volta l'accompagnavo. Una sera volli rimanere in casa per vedere ciò che avrebbe fatto: uscì solo.

Quattro mesi prima sarebbe stato più avaro del tempo che avrebbe potuto passarmi vicino.

Di tratto in tratto egli si mostrava preoccupato, quasi triste... sembrava staccarsi con isforzo alle sue penose meditazioni per prodigarmi ancora quelle sue ferventi carezze, che mi fanno obliare in un bacio tutti i terrori dell'avvenire.

Non potevo esser gelosa... Alla festa, ove l'accompagnai, avevo veduto le più eleganti e belle dame sorridergli con quella grazia che dà diritti a sperare, prodigargli le più obbliganti attenzioni, e l'avevo veduto rimaner freddo e cortese innanzi a quelle attrattive, cercando avidamente il mio sguardo e il mio sorriso. Egli è troppo generoso e nobile per potermi parlare come mi parla e guardarmi come egli lo fa se il rimorso di un altro affetto lo facesse arrossire. No! il mio Pietro è troppo elevato per scendere sino alla dissimulazione... egli avrebbe piuttosto la forza brutale di abbandonarmi.

Eppure questa certezza, che per molte sarebbe una consolazione, per me è il più crudele disinganno, perché mi toglie persino la speranza dell'avvenire... Quello che scrivo mi scotta le mani, come mi brucia il cuore... Avrei sempre la speranza di riavere il cuore di Pietro che si allontanasse da me per un'altra donna, poiché egli dovrebbe, tosto o tardi, accorgersi che giammai, giammai donna potrà amarlo come l'amo io, giammai simile amore potrà suggerire alla donna tutti gli incanti più raffinati per fargli bella la vita, per fargli sentire tutte le infinite percezioni di questo amore colle pulsazioni violente delle sue arterie... ma Pietro stanco del mio affetto, di me... Pietro disilluso del prestigio che mi faceva bella ai suoi occhi... io non l'avrò più!... mai... mai più!...

Dio! Dio mio!... la morte... piuttosto la morte!...

Alcune notti egli è rientrato assai tardi... Ho udito che raccomandava di non far rumore per non isvegliarmi... come se avessi potuto dormire, io!... mentre soffocavo i singhiozzi nascosta dietro la portiera dell'uscio.

Oh, egli ha potuto pensarlo ch'io dormissi... prima che egli fosse ritornato!...

È desolante, è spaventevole tutta questa insensibile gradazione che ogni giorno sempre più assopisce nel suo cuore tutte quelle sensazioni minime, delicate, squisite, che la passione suscita e sublima, e che muoiono con essa...

È dunque morto il suo cuore per me... Dio mio?!...

No! egli mi ha parlato ancora di quelle parole, tenendo la mia mano fra le sue, fissandomi sempre del suo sguardo, che avea tutta l'espressione d'allora... Ma ciò, non è durato sempre!... sempre!... a dissetarmi di questo bisogno ardente che ne ho!...

Quando gli parlo della sua tristezza, della sua preoccupazione, della sua freddezza sin'anche, egli si mostra qualche volta come impaziente, e dissimula appena una lieve tinta del dispetto che prova di non saper meglio nascondere le sue impressioni, lo leggo chiaramente nel suo cuore: egli ha ancora la generosità d'imporsi per me un sentimento che non prova, di nascondermi quelle illusioni perdute che egli si rimprovera come una colpa sua, colpa che però non ha, di cui il pentimento gli dà la forza di stordirsi nelle mie carezze sino alla febbrile e quasi ebbra eccitazione che può scambiarsi coll'esaltazione della passione.

Un giorno era uscito prima ch'io fossi levata, e avea mandato a dirmi che, invitato da alcuni amici, avrebbe desinato fuori. La sera non era ancora venuto a vedermi; verso le 9 feci attaccare, impaziente d'attendere più oltre, e andai a cercarlo dove sapevo trovarsi ogni sera.

Feci fermare il legno dinanzi il Caffè di Sicilia e mandai il piccolo *jockey* a cercarlo; egli si alzò subito da un crocchio d'amici, fra i quali era seduto, e venne a mettersi in carrozza con me.

«Ti chiedo mille scuse, mia cara, della noiosa giornata che ti ho fatto passare», mi diss'egli; però distinsi nel suo accento una sfumatura d'impazienza. Io gli strinsi la mano, poiché ero assai commossa, e non risposi.

La carrozza attraversò tutto il corso Vittorio Emanuele e prese la strada d'Ognina. Fuori l'abitato volli scendere e prendere il braccio di lui. Il calesse ci seguì ad una cinquantina di passi.

Entrambi sentivamo di avere un penoso discorso da intavolare, che non avevamo il coraggio d'incominciare, e che perciò ci faceva rimanere in silenzio.

Provavo il bisogno però di parlargli, di aprirgli il mio cuore; per averne la forza pensai alle sere istesse passate al fianco di lui... sere di cui le rimembranze erano ancora palpitanti di piacere, e a misura che il mio pensiero le vedeva più vive, che il mio cuore batteva più forte, che i miei occhi si velavano di lagrime, io mi stringevo al suo braccio come fuori di me, come se avessi voluto con quella stretta attaccarmi a quel passato che idolatravo; infine non potei più frenare i singhiozzi.

Pietro si fermò in mezzo alla strada, commosso profondamente, ma non sorpreso da quella scena che forse si aspettava.

«Che hai dunque, Narcisa», esclamò egli, prendendomi le mani.

«Oh, Pietro!», esclamai infine, «tu non sei lo stesso di prima!... No! tu non mi ami come prima!...»

«Narcisa, tu sei folle coi tuoi dubbî penosi... Se non ti amassi come prima, potrei fare la vita che faccio?...»

Queste parole, che cercavano di esprimere un pensiero consolante, erano dure per me; esse parlavano di quella vita che avea fatto la nostra felicità come di un sagrifizio.

«È vero dunque», proseguii, «questa vita ti è penosa?!... tu sei stanco di farla?!...»

«Ascoltami, Narcisa!», interruppe egli, stringendomi le mani, quasi avesse voluto infondermi forza per ascoltare quello che aveva a dirmi, e raddolcire quanto vi poteva essere di amaro; «non si può sempre vivere di questa vita che noi abbiamo fatto, che è la mia più dolce memoria, senza avere delle ricchezze, che io non posseggo, e neanche tu, e le possedessi, io non potrei accettarle da te; bisogna che io mi faccia una posizione, che risponda alle aspettative che si sono potute basare sul mio primo lavoro, che è bello del tuo riflesso soltanto. Per ciò fare bisogna piegarsi un poco a tutte quelle convenienze che la società esige rigorosamente. Io ho dimenticato tutto per te, sei intieri mesi: gli amici, il mio avvenire, gl'impegni assunti; anche una madre che adoravo, la più buona, la più santa fra le madri, che avea pur diritto all'amore del figlio suo, e che sei intieri mesi non ha avuto una parola da lui, non l'ha abbracciato una volta... Oh, credimi, Narcisa... è colla più viva commozione, colla più profonda riconoscenza anche, che io rammento questi sei mesi d'amore... Ma perché quest'amore istesso duri con tutti i suoi incanti bisogna che esso sia assaporato lentamente: in fondo all'ebbrezza che stordisce si trova presto la disillusione che uccide l'amore... ed io voglio amarti sempre, mia Narcisa!»

Soffocai i miei gemiti col fazzoletto, e rimasi muta, pietrificata dinanzi a lui che mi stringeva ancora le mani, e mi fissava quasi avesse voluto leggere nei miei occhi.

Dio mio! quello che soffersi in quel punto, credo che non potrò soffrirlo mai più... neanche al momento...

Quand'ebbi la forza di parlare gli dissi tristamente, divorando tutta l'estensione del mio dolore per nasconderglielo:

«Se mi amassi ancora, come dici, non avresti mai proferito ciò...».

«Narcisa!», replicò egli, tradendo una viva impazienza, «non son uso a mentire... mi pare...»

«Oh, no! tu non mentisci... o piuttosto tu vuoi ingannare te stesso, perché hai pietà di me... Grazie, Pietro!»

«Io avrei dovuto parlarti da qualche tempo su questo proposito», mi diss'egli; «ho temuto sempre di farti dispiacere, ed ho indugiato. Tentai di lavorare per adempiere in parte agli obblighi impostimi, ma ti confesso che nulla mi è riuscito... Mia madre mi ha scritto molte volte le più calde preghiere perché io vada ad abbracciarla...»

Egli avea esitato a proferire l'ultima frase, e l'avea poscia pronunziata colla precipitazione di colui che prende una risoluzione decisiva.

Mi aggrappai al suo braccio, poiché sentivo le gambe piegarmisi sotto.

«È giusto», mormorai quindi a metà soffocata; «tua madre, ha ragione!...»

Ebbi il coraggio supremo di non piangere. Egli rimase muto, facendo sforzi visibili per dominare la sua commozione.

«Mi accorderai almeno quindici giorni prima di partire?», gli diss'io, gettandogli le braccia al collo, piangendo in silenzio.

«Oh, amor mio!», esclamò Pietro quasi con le lagrime agli occhi, «non credevo di essermi meritate tali parole!...»

«Ebbene!... fra quindici giorni tu partirai per vedere tua madre!...»

Volle abbracciarmi, come per ringraziarmi del sagrifizio che gli facevo, ma mi allontanai di un passo, supplicandolo colle mani giunte di non farlo.

Temevo di perdere la forza della mia risoluzione in quell'abbraccio, al quale mi sentivo spinta violentemente da tutte le passioni, suscitate sino al parossismo, che tumultuavano in me.

Egli rimase sorpreso e colpito da quell'apparente freddezza, e m'accorsi ch'era anche indispettito.

«Grazie!», mi rispose fremente.

E rimase muto... E non una parola di più... come se avesse temuto ch'io mi pentissi di ciò che gli avevo accordato.

Ripresi il suo braccio per continuare a passeggiare, mentre non avevo la forza di trascinarmi. Lo guardavo: era freddo, pensieroso, quasi cupo.

«Oh, Pietro!...», gridai quindi singhiozzante, non sapendo più frenarmi, avvinghiandogli le braccia al collo; «mi ami?... mi ami come prima?!... Oh, Pietro!... una volta mi promettesti, mi giurasti... che m'avresti confessato quando tu non mi avresti amato più... come prima... Pietro!... confessalo che non mi ami più!...»

«Narcisa! te ne supplico... queste parole mi fanno male!», m'interruppe egli impallidendo.

«Oh, per pietà!... per pietà, Pietro! Me l'hai promesso... me l'hai giurato!... Sii uomo!... dillo, dillo che non mi ami più!...»

Invece di volere questa conferma al mio doloroso sospetto, attendevo, con ansia smaniosa, una parola in contrario, che avesse potuto farmi gettare nelle sue braccia, delirante di passione. Egli esitò... egli non l'ebbe;... e rimase muto, immobile... come combattuto da un'interna tempesta...

«Non ha dunque cuore quest'uomo!», gridai come una pazza, dopo avere invano atteso, in una terribile angoscia, col petto anelante, le mani giunte, le lagrime agli occhi, quella risposta. *Non ha cuore per comprendere quello che si passa nel mio, per farmi felice anche con una menzogna!* avevo detto in quelle parole.

Quelle parole però mi perdettero.

Pietro non capì il vero senso appassionato, addolorato, ansioso, che dava loro il mio cuore in quello stato, proferendole; egli capì soltanto tutto quello che vi è di duro, di sprezzante, d'insultante anche - sì, d'insultante - in queste parole prese alla lettera, che parevano dire: *Siete un vile!* mentre avevano detto: *Non avete pietà di me?*

Egli si levò pallido, coll'occhio, un momento innanzi umido di lagrime, asciutto e quasi fosco, coi lineamenti duri e severi; egli... quest'uomo! ebbe la forza di dirmi colla sua voce più calda ed incisiva:

«È forse meglio che ci separiamo, Narcisa».

Ebbi paura di lui.

Non potrei mai riprodurre tutto quello che vi era di lacerante in quelle fredde parole che soffocavano in lui il risentimento, che fa supporre pur sempre l'amore, per esprimere la calma ed inflessibile decisione della mente.

Mi sentivo morire, e caddi annichilata sul muricciolo accanto alla strada; Pietro mi diede il braccio, mi sollevò, e mi strascinò quasi sino alla carrozza.

Là, inginocchiata sul tappeto, col volto nascosto fra i cuscini, piansi lagrime ardenti, disperate.

Ora che ci penso a mente più serena, io non risento tutto il pentimento di quelle parole, delle quali gli chiesi perdono a mani giunte, colle espressioni più umili, e che mi parvero aver deciso la mia condanna; se Pietro mi avesse amato ancora, egli non avrebbe dato la significazione letterale a quelle parole;... se il suo cuore non fosse stato morto per me, egli non avrebbe potuto prendere quella risoluzione.

Era finita dunque per me!... *per sempre!*... ed io, folle!... folle!... gli chiedevo ancora quella franca confessione che mi ero fatta promettere in un delirio d'amore, come se le parole avessero potuto illudermi, quando tutto parlava in lui chiaramente.

Passai una notte d'inferno, lacerando coi denti il merletto dei guanciali inzuppati di lagrime.

Quando il chiarore incerto che penetrava dalle tende del verone cominciò ad oscurare il globo d'alabastro della lampada da notte, mi alzai, ancora vestita degli abiti che indossavo la sera scorsa... Esitai un istante prima di tirare il cordone del campanello: volevo illudermi ancora su tutta l'estensione della mia sventura.

«È alzato il signore?», domandai alla cameriera che veniva a prendere i miei ordini.

«Anzi Giuseppe, il suo cameriere, crede che non sia nemmeno andato a letto; poiché l'ha udito passeggiare tutta la notte.»

Fui commossa profondamente; dunque anch'egli avea provato tutta la lotta di quella disperata passione!

Mi acconciai allo specchio, con triste civetteria; non volevo accrescere il suo dolore colle tracce del mio; volevo attaccarmi a lui con tutte le risorse di quell'eleganza che egli avea tanto ammirato in me; e passai nelle sue stanze.

Lo trovai che scriveva, seduto al tavolino nella sua stanza da studio, con un lume ancora acceso dinanzi, sebbene morente.

Oh, signor Raimondo, mi perdoni questi dettagli, sui quali insisto con il doloroso piacere che si prova a ritornare sui particolari di care e malinconiche rimembranze.

I fiori che ornavano ogni mattina la giardiniera, situata a semicerchio attorno al suo tavolino, quei fiori fra i quali egli s'immergeva, direi, quando si metteva a scrivere, e che avvolgevano i suoi sensi in un vapore di colori e di profumi, e suscitavano mille indefinite percezioni nella sua mente; quei fiori dei quali egli avea detto di aver bisogno come dell'aria per lavorare e per pensare a me, erano appassiti; le tende delle finestre chiuse, sicché eravi quasi buio nella stanza; attraverso l'uscio aperto della sua camera da dormire vidi il letto scomposto, colle lenzuola lacerate e cadenti a terra, ed un cuscino sul tappeto, accanto ad una poltrona rovesciata.

Pietro mi voltava le spalle, colla testa appoggiata fra le mani; avea dinanzi un monte di quaderni e di fogli di carta, dei quali alcuni lacerati; sul foglio che gli stava sotto la mano era scritta l'intestazione di una lettera e tre o quattro versi cancellati. Egli non mi udì avvicinare, e si riscosse bruscamente quando mi vide vicino a lui. Poscia si alzò e venne a stringermi la mano, sorridendo tristamente.

«Volevo venire a farmi perdonare le mie cattiverie di ieri sera... però non potevo supporti alzata a quest'ora.»

«Non ho dormito, Pietro...», gli risposi colle lagrime agli occhi.

Egli volse i suoi in giro per l'appartamento, quasi avesse voluto nasconderne il disordine; li abbassò, e rimase muto.

Non avea voluto confessarmi che ancor esso avea sofferto; sentii stringermi il cuore dolorosamente.

Venni ad appoggiarmi alla sua spalla, come nei bei giorni in cui sentivo un brivido percorrerlo allo sfiorargli il volto coi miei capelli, e lo guardai in silenzio, spalancando gli occhi per dissimularne le lagrime. Vidi lo sforzo ch'egli faceva per contenersi, baciandomi sulle labbra; ma quel bacio commosso non aveva il febbrile trasporto di una volta, che gli avrebbe fatto stringere il mio corpo fra le sue braccia fino a soffocarmi... Fu solo... quasi triste...

«Tu scrivi?», gli diss'io con un coraggio di cui non mi sarei creduta mai capace.

Come colto in fallo egli abbassò gli occhi sulle carte che gli stavano ammonticchiate dinanzi alla rinfusa, e rispose con un cenno del capo, quasi avesse dubitato di avere la mia forza.

«Scrivi a tua madre, Pietro?... Le hai detto che fra quindici giorni sarai da lei?...»

Questa volta egli non rispose e si recò la mia mano alle labbra.

Mi portai l'altra al cuore, per comprimere i battiti, dei quali il rumore mi spaventava.

Oh, signor Raimondo... un uomo di ferro avrebbe avuto pietà di quest'agonia straziante, che mi affascinava però colla forza stessa del dolore, che mi strascinava a misurare tutta l'estensione della mia disgrazia... Pietro!... *egli!*... non ebbe pietà di quest'agonia, che pure avrebbe dovuto indovinare dalla calma disperata del mio accento, dal tremito convulso delle mie braccia, che si appoggiavano alla sua spalla, dalla terribile tensione del dolore che inaridiva le lagrime sulla mia orbita... Egli non ebbe una parola... una sola!... o piuttosto non ne ebbe la forza... Egli rimase colle labbra fredde e tremanti sulla mia mano, che recava quella percezione al cuore come una stilettata, cercandovi forse la forza di rispondermi.

Un impeto cieco, disperato mi spingeva.

«Son venuta a chiederti una grazia Pietro», gli dissi; «questi ultimi quindici giorni che hai avuto la bontà di concedermi... io... io vorrei passarli in Aci-Castello... su quella bella spiaggia che visitammo sì spesso nelle nostre passeggiate notturne... Siamo ai 28 di Ottobre, il 13 di Novembre partirai.»

Speravo ch'egli, soffocandomi dei suoi baci, avesse annullata la sua risoluzione della sera... Non fu nulla di ciò...

«Oggi stesso manderò Giuseppe ad affittarvi un casino»: mi rispose stringendomi le mani e figgendomi gli occhi in volto, come cercandovi la spiegazione di quel desiderio; «e domani partiremo. Vuoi che usciamo assieme oggi?»

Quella domanda fu il mio colpo di grazia: quando egli mi amava come un pazzo mi avrebbe pregata di non uscire; in appresso non mi avrebbe fatto quella domanda poiché non si sarebbe potuto supporre che l'uno di noi potesse uscir solo... negli ultimi giorni mi amava ancora abbastanza per non propormi una passeggiata come un compenso, come per ringraziarmi del sacrifizio che gli facevo, ciò che equivaleva a dichiararmela una compiacenza, come avea fatto in quel momento.

Mi voltai a cogliere un fiore da un vaso di porcellana per recare il fazzoletto alla bocca... Mi sentivo soffocare... Ebbi appena la forza di mormorargli: «No... no... grazie... Non uscirò tutta la giornata...».

Io stessa non udii il suono di quelle parole... Forse neanche egli le avrà udite... Uscii barcollando, operando uno sforzo supremo per dominare il mio dolore immenso, aggrappandomi alle tende che incontravo per non cadere... Nel mio salotto caddi su di una *duchesse*, annichilata.

Pietro passò al mio fianco tutto il giorno. Mi faceva una pena orribile a vedere gli sforzi che faceva per contenere la sua commozione, per combattere la lotta che ferveva in lui, per mantenersi saldo nella risoluzione che parea essersi fissata, e che quei momenti avevano fatto ondeggiare in lui... Egli fu amoroso con me, come si può esserlo sino ai limiti della commozione, senza il trasporto però della passione, di quell'amore caldo, cieco, irresistibile, quale egli me l'avea fatto provare, quale ormai m'era necessario per vivere, quale avrebbemi fatto dimenticare, almeno per un'ora, in un bacio, tutta l'estensione dell'immensa sventura che mi percuoteva. Egli non ebbe una parola, non una sola parola che alludesse alla nostra separazione; ma neanche un'altra che la facesse mettere in dubbio.

Un momento mi parve cattivo e spietato quell'uomo che non mi amava più.

Poi gli baciai le mani, delirante, piangendo a calde lagrime; gli avvinghiai le braccia al collo e lo soffocai quasi fra le mie lagrime e i miei baci, come se avessi voluto farmi perdonare la triste impressione di quel momento.

Giammai! giammai io ho amato Pietro di quest'amore immenso, frenetico, divorante di cui l'ho amato in quel punto...

L'indomani partimmo per Aci-Castello.

No! se anche scrivessi questi versi col sangue che tale tortura ha stillato dal mio cuore, io non potrei arrivare a descrivere tutto lo strazio ineffabile di quest'agonia immensa che è durata 15 giorni; in cui ho dovuto divorare le mie lagrime, soffocare gli urli disperati del mio cuore, perché m'impedivano di vedere, di sentire come ogni ora di più il cuore di lui s'allontanasse dal mio; come quelle sensazioni impercettibili, che formavano l'amore sovrumano di cui quest'uomo mi adorava, andassero morendo in lui... Io non potrò esprimere quello che ho provato di orribile in tutta l'intensità del dolore, quando, con la terribile lucidità che mi dà la mia angoscia, ho letto chiaramente in quel cuore... troppo chiaramente, per mia sventura!... la sorpresa, la tristezza di lui, direi anche il rimorso delle perdute illusioni del suo amore di un tempo che cerca invano... Io l'ho veduto, quell'uomo, quel cuore, chiudere gli occhi, immergersi nel vortice delle più tempestose carezze, soffocarmi coi più febbrili trasporti... frenetico... furibondo quasi, cercando quelle illusioni che avea adorato in me... e nulla!!... nulla!!... e staccarsene pallido, annichilato... quasi piangendo come un fanciullo, guardandosi attorno come smemorato, come cercando ancora quelle sensazioni che non sa più trovare in me... e che io!!!... disgraziata!!... io non posso più dargli!!... Oh, signore! nessuno!... no! nessuno potrà mai arrivare a comprendere la sublime agonia di quell'istante!

Dio!... Dio mio!... se impazzissi!

No! Dio non è giusto! No! Dio non ha pietà di questo dolore sovrumano!

Pietro è triste, malinconico ogni giorno di più; la pietà istessa che risente di me, di quest'amore di cui l'amo, ch'egli comprende, e del quale non può contraccambiarmi, malgrado tutti i suoi sforzi generosi, questa pietà lo distacca da me, lo fa fuggire, come se temesse di trovare un rimorso nei miei occhi, che, Dio sa con qual coraggio, gli nascondono quello che si passa in me. Egli è sdegnato contro se stesso e dolente della simulazione che deve imporsi per compassione di me, delle menzogne che deve giurarmi col volto cosperso del rossore della vergogna. La notte lo sento passeggiare spesso sino all'alba, ora in cui parte per la caccia, e non ritorna che a sera, stanco, spossato, come se avesse voluto nella stanchezza dei sensi addormentare il rimorso del suo amore perduto, e trovarvi una pace che la tempesta delle sue passioni non gli accorda giammai. Eppure, dopo queste corse che hanno gonfiato i suoi piedi, che hanno logorato le sue forze sino alla prostrazione, egli non trova sonno nel letto... egli si stanca ancora a passeggiare per la sua camera...

Qualche volta ho trovato l'indomani il suo fazzoletto e i suoi guanciali umidi: al sapore acre ho conosciuto che erano lagrime...

Lui! questo carattere orgoglioso e forte, quest'uomo di ferro... ha pianto!... ha pianto di dolore, di rimorso, di rabbia, per quest'amore che gli sfugge, che vorrebbe imporsi.

No!... tale martirio non può durare per entrambi... Io sarò forte!... sì, quest'amore istesso me ne darà la forza.

Morire, mio Dio! morire nelle sue braccia almeno... addormentata dalle sue carezze!...

Abbiamo passato 13 giorni su questa spiaggia che mi sembra deliziosa, malgrado le ore crudeli che vi ho provate. Si dice che il dolore rende fosche le tinte più brillanti del luogo ove si prova... Anch'io ho sentito ciò altravolta; ma qui, in questi ultimi giorni, questi luoghi io li ho amati nei loro minimi particolari; forse perché mi è caro anche il dolore di quest'agonia che posso provare vicino a lui.

Nel momento in cui scrivo per parlare di lui, per illudermi con lui... sola, di notte, nella mia camera da letto... vedo, attraverso le tende della mia finestra aperta, sbattute dal vento tempestoso di questi ultimi giorni d'autunno che spoglia gli alberi delle foglie, la massa antica, imponente, severamente e grandemente poetica del vecchio e rovinoso castello che pende da una balza sul mare; coi suoi muri massicci e screpolati, sui quali stridono i gufi in mezzo alle ginestre che vi germogliano, che disegnano la loro massa bruna su questo cielo trasparente ove risplende la più bella luna del mondo; con questo mare immenso, lucido, che da questa lontananza sembra calmo e lievemente increspato, e che muggisce colla sua voce potente fra i precipizii dell'abisso che circonda le fondamenta del castello.

L'altro giorno volli vedere questo castello a metà distrutto, su cui sembra talvolta vedere ancora passeggiare le scolte luccicanti di ferro fra i merli dei torrioni; che mi fa vivere in mezzo agli uomini d'una volta che l'hanno abitato, coi vivi ricordi che tramanda e che sembrano infondersi incancellabilmente alla sua vista. Pietro volle dissuadermene, dicendo che la strada per giungervi era molto pericolosa per una donna.

«Non sarai tu con me?», gli dissi, come se mi fosse stato impossibile un accidente vicino a lui, o come se quest'infortunio avessi dovuto amarlo dividendolo con lui.

Egli... costui, cui l'amore avea dato squisite percezioni, cui avea fatto oprare un miracolo di genio e di sentimento nel suo dramma, capì appena tutto il senso di quelle parole.

Mi diede il braccio, come per nascondermi il suo imbarazzo, e mi accompagnò alla salita che precede l'ingresso della rocca.

I muri della torre principale che guardano il paesetto sembrano di un'altezza smisurata, guardati dal basso, in quel punto, elevati come sono su di un immenso scoglio che dalla parte del mezzogiorno sospende le sue torri sul mare. Due tavoloni di querce sono gettati su di un arco in rovina per traversare l'abisso orribile che si stende al di sotto, in fondo al quale mormora il mare in un sordo rumore, e che fa venire le vertigini al solo guardarlo.

Pietro passò innanzi e mi porse la mano raccomandandomi di non guardare il precipizio per non avere la vertigine; all'incontro io provavo un'affascinante sensazione nel mirare quella gola oscura, a quasi duecento piedi sotto di noi, ove, fra le acute punte degli scogli, biancheggiava la spuma minuta delle onde rotte e imprigionate nella caverna, su cui l'assito che ci sosteneva si piegava sotto il peso dei nostri corpi scricchiolando.

«Se cadessimo qui, abbracciati!», esclamai io quasi involontariamente, stringendo la mano di Pietro che mi guidava.

Mi pareva più dolce quella morte, e preferibile alle torture che provavo, e che supponevo anche in lui.

«Quale pazzia!», mormorò egli stringendo il mio braccio, come per prevenire l'effetto di un capogiro, e accelerando il passo, che avea reso ardito e sicuro, quasi per garentire la mia vita ch'eragli sospesa.

Egli non ha detto: *Che cara pazzia!*... Ha detto semplicemente: *Quale pazzia!*...

Ho veduto dalla sommità di quelle torri questo mare azzurro che si confonde con il ceruleo dell'orizzonte, che si stende nella sua grande immobilità in lontananza e freme e spumeggia ai miei piedi; ho veduto quelle barche che sembravano giocattoli da quell'altezza, quel litorale sparso di ville e di paesetti, e Catania... Catania ove Pietro mi aveva tanto amato....

Vi fissai un lungo sguardo, non avvertendo le lagrime che bagnavano le mie guance.

«Che guardi?», mi domandò egli, come se mi avesse domandato: Perché piangi?

«Catania!», risposi colla voce ancora tremante.

Egli sentì forse tutto quanto vi era di passione e di rimembranze in quella parola; e lo provò anch'egli fors'anche in quel momento, poiché soggiunse, come cedendo ad una generosa risoluzione:

«Vuoi che ritorniamo a Catania?».

Non risposi e restai cogli occhi umidi e fissi sul golfo in fondo al quale biancheggiavano le cupole che indicavano la città, appoggiandomi al braccio di lui. Sentivo quanto vi era di nobile sacrifizio in quella proposta; ciò ch'escludeva l'amore, ch'era quello che mi bisognava.

«Dov'è Siracusa?», domandai poscia, come non accorgendomene, cedendo ad un intimo impulso.

Pietro mi additò un punto tra mezzogiorno e ponente, dietro il Capo Passero che si vedeva distintamente, ove dovea essere il suo paese natale.

«Perché non mi conduci a Siracusa piuttosto?», gli dissi gettandogli le braccia al collo, singhiozzando e fissando nei suoi i miei occhi brillanti di lagrime. Egli abbassò gli occhi, baciandomi le mani, e rispose, dopo avere esitato un istante:

«Se lo vuoi...».

«No! io non lo voglio... Ciò che io voglio è il tuo amore! il tuo amore sfrenato, ardente, quale lo sentivi per me, quale cerchi ancora come smanioso e non sai più trovare, quale io spero qualche volta illudendomi, e tento tutte le occasioni per travedere in te... e non m'accorgo, pazza, disgraziata ch'io sono, che tu non lo trovi... che tu hai la generosità, la nobiltà di fingerlo meco; ciò di cui senti rimorso;... e che tutto... tutto!... perfino le tue carezze, perfino i tuoi sacrifizii mi dimostrano che tu non senti più per me...»

«Partiamo!», soggiunsi poco dopo strascinandolo pel braccio, soffocando l'emozione che sentivo prorompere nell'eccitazione della corsa, poiché mi sentivo morire.

L'ultimo raggio di sole rischiarava ancora i merli della più alta torre, e nell'abisso che dovevamo traversare era buio profondo; e gli echi ne erano mugghianti; e gli sprazzi di spuma biancheggiavano come giganteschi fantasmi.

Un momento mi sembrò che l'immenso fascino di quello spaventevole abisso attraesse l'abisso doloroso del mio cuore; che quei bianchi fantasmi mi stendessero le braccia come a prepararmi un letto eterno che dovesse accogliermi assieme all'uomo che adoravo tanto più freneticamente quanto più lo vedevo allontanarsi da me... Un momento il mio piede si stese sul precipizio e la mia mano strinse più forte la sua per allacciarlo in un modo che nulla sarebbe valso a rapirmelo mai più...

«No! no!», gridò il mio cuore gemente, «no!... ch'egli viva! ch'egli sia felice!... io non potrò mai essergli grata abbastanza dei giorni che mi ha dato, dei sacrifizii che ha avuto la bontà d'imporsi per me!... Ch'egli sia felice... anche con un'altra!...»

Un'altra!... Ecco quell'idea terribile, sanguinosa, che mi ha attraversato il cuore come un ferro infuocato, e alla quale non avrei forse saputo resistere se ci avessi prima pensato...

Mi avvidi, quasi con gioia, come se fossi stata salvata da un immenso pericolo, che camminavamo sul selciato della strada.

Una o due volte, in quella notte agitata e febbrile passata al davanzale della mia finestra, ho avuto dei momenti di speranza, d'illusione... speranza tale che mi faceva mettere dei gridi di gioia, che mi faceva comprimere le tempie fra le mani, quasi le arterie che battevano di felicità minacciassero di sconvolgermi la ragione... Egli mi avea proposto di accompagnarmi a Catania!... egli aveva avuto forse un istante d'amore per me!... dell'amore di una volta!...

Oh! Dio! Dio!... morire almeno in tal momento!...

Ieri volli uscire con lui; volli fare una passeggiata in barca. Egli prese i remi, ed entrambi, soli, ci cullammo nella piccola barchetta da pescatori su quelle onde azzurre come il cielo.

Quand'egli è solo, pensieroso, vicino a me... provo un momento di dubbio, d'incertezza... Mi pare di sperare, mi pare di averlo mio! tutto mio!... e che nulla abbia potenza di strapparlo all'amplesso frenetico delle mie braccia.

Appena fummo al largo egli lasciò i remi e venne a prendere la mia mano.

Lo guardai come non l'avevo mai guardato: sentivo che non potevo amarlo più di quanto io l'amavo in quel momento; mi pareva impossibile ch'egli dovesse lasciarmi il dopodomani.

Egli baciava le mie mani, e sostava per guardarle in silenzio, come se avesse temuto di alzare gli occhi nei miei, e per tornare a baciarle... Le sentii umide delle sue lagrime.

«Pietro!», esclamai palpitante di una sublime emozione, mentre tutti i pori del mio cuore si dilatavano ad assorbire le inebbrianti emanazioni di una lusinghiera speranza: «ieri ti pregai di condurmi a Siracusa... con te...».

Egli non poté più frenare il pianto, e scosse la testa tristamente.

«Impossibile!», mormorò con un soffio appena intelligibile.

«Impossibile?...», ripetei radunando tutte le forze di cui mi sentivo capace; «e perché, Pietro?!...»

«Oh! grazia! grazia, Narcisa!», singhiozzò egli stringendomi fra le sue braccia, nascondendo la sua testa nel mio petto; «grazia!... io sono molto vile!!...»

Era orribile a vedersi l'angoscia disperata di quel volto energico, l'annichilamento completo di quel carattere di bronzo.

«Sì, io sono vile! io son colpevole! io sono infame!...», seguitò con voce delirante: «oh! grazia, Narcisa!...».

L'amavo tanto che non sentii tutto lo spasimo sublime che quelle parole mi facevano provare: ebbi soltanto pietà di lui.

Lo abbracciai, piangendo anch'io, tremando convulsivamente del suo tremito, mischiando le mie labbra alle sue.

«Dillo! Pietro... dillo!», gridai con disperato sforzo di volontà, «tu non mi ami più!... tu non mi ami più come prima!».

Egli rimase abbattuto, in silenzio, sulla panchetta della barca.

Quel silenzio durò cinque minuti.

Quando risollevò il volto fui atterrita dallo spaventevole pallore che copriva i suoi lineamenti solcati profondamente.

«Ascoltami, Narcisa!», cominciò egli con voce solenne, quasi calma: «io ho un sacro dovere di gratitudine verso di te... dovere che mi fanno caro le reminiscenze che non potrò dimenticare giammai, e che formano ora il mio inferno... Eppure, te lo giuro sul mio onore, io non mi trovo colpevole... no!... che soltanto queste reminiscenze mi restino ora vicino a te... Tu hai il diritto di disporre di me, in tutto... Io sacrificherò al dovere quello che avrei sacrificato all'amore, e farò quanto è possibile all'uomo per renderti la tua felicità. Ho tanto provato di sì immenso nella voluttà del godimento, nel delirio dell'esser felice, che forse all'uomo non è concesso di godere... e Dio mi punisce, col soffiare su tutte quelle sensazioni che formavano il mio amore... che cerco invano da due mesi... e spegnerle per me. Nel tremito ardente delle tue labbra, sul tepore della tua pelle rosata, nelle nervose e convulse pressioni delle tue braccia, nel delirio fervente delle tue carezze, ho cercato invano un atomo, un atomo solo, di quello che provavo d'arcano, d'indefinibile, di più che terreno, quando, seduto sul lastrico della strada, ti vedevo al verone, ciò che formava il delirio dei miei sogni; che nei primi trasporti del possederti, quando mi pareva di divenire folle per la felicità dell'amor tuo, io provai sino a quel parossismo del godimento che ci annienta, direi, nel godimento istesso, e che ci lascia sbalorditi della sua estensione. Io ho cercato invano questo profumo, questo vapore che ti circondava d'incenso come gli angeli, e in cui non osavo immergermi per timore di perdervi la ragione o di perdervi l'illusione... È duro, è crudele quello che dico... ma tu hai mente per apprezzarlo e cuore per perdonarmelo... come mi hai perdonato tutto quello che ti ho fatto soffrire da due mesi, che mi sono rimproverato, e di cui il rimorso mi lacera... Quello che io piango, Narcisa, è l'amore che ho provato e che non posso più trovare... che cerco assetato per inebbriarmene, poiché la sete che ne ho è ardente, divoratrice, e che mi fugge sempre dinanzi come un fuoco fatuo... Io avrei paura, rimanendoti più a lungo vicino, che la stanchezza dell'animo non vincesse anche il desiderio ineffabile che ho di questo amore... e che tutto questo tesoro di diletti che trovasi in te, di cui m'abbeverai forse sino all'ebbrietà, non vada perduto dell'intutto per me! Oh! io ho paura di ciò, Narcisa!... poiché la speranza di riamarti un giorno come ti ho amato m'impedisce che mi bruci le cervella, non avendo più nulla a godere sulla terra. Bisogna ch'io mi allontani da te per qualche tempo, ch'io torni a dubitare della felicità che ho goduto... ch'io dubiti della speranza fin anche di questa felicità, per esser pazzo di te come lo ero quando passavo le notti innanzi la tua casa senza sperare un'occhiata da te... bisogna che io ti vegga ancora lontana da me, in mezzo alle pompe del tuo lusso, all'incanto delle tue seduzioni, per cercarti ansioso, cieco, folle, come allora; e stendere le braccia, delirante, invocando un altro sorso di questa coppa fatata... a cui fui tanto stolto da bere troppo...».

Egli non poté più proseguire, soffocato dalla violenza della sua commozione, tenendosi il petto colle mani increspate da una violenza contrazione, inginocchiato ai miei piedi, coll'occhio luccicante di una fosca luce sul pallore quasi tetro del suo volto, coi capelli irti sulla fronte madida di freddo sudore.

Quest'addio che quel cuore mi dava era grande, era sublime, come l'amore di cui m'aveva amato.

Lo sollevai fra le mie braccia; lo baciai in fronte, sentendomi ancor io fredda di sudore ghiacciato, provando una forte risoluzione che quelle parole infondevanmi, la quale correva al cuore, quasi con gli smarrimenti di una vertigine, insieme al sangue che da tutte le vene vi affluiva.

«Addio dunque!», gli dissi con una calma nella voce della quale io stessa ero atterrita: «Addio, Pietro!...».

Egli cercò le mie labbra colle sue, fredde, tremanti d'angoscia e di voluttà.

«Addio!...», gli mormorarono ancora le mie labbra palpitanti nelle sue - E svenni fra le sue braccia.

11 Novembre

Posdomani egli deve partire. Ho numerato minuto per minuto queste ultime ore che io ho passato vicino a lui... cercando illudermi spesso per sentirne poi più amaramente tutta la disperazione del disinganno.

No! lo sento... il suo cuore non può più rinascere per me! Egli tenta lusingarsi nelle sue speranze... o piuttosto ha pietà di quello che soffro...

Quand'egli partirà!... Dio! Dio!... Quando non udrò più la sua voce, il rumore dei suoi passi...; quando non lo vedrò più e non l'attenderò più la sera, affacciata alla finestra!...

Oh! no!... no!... è meglio *prima... prima ch'ei parta...*

Riprenderò questa lettera all'ultimo istante, per farla poi mettere alla Posta a catania... Domani egli aspetta il suo amico, forse lei stesso, che deve venire a prenderlo... in tal caso sarebbe forse meglio...

L'ora non può essere molto lontana: egli parte dopodomani...

Ho peccato! e Dio mi punisce col mio peccato!

12 Novembre

L'inverno è sopravvenuto troppo improvvisamente per queste contrade... Dio mio! Ho avuto paura di questo mare burrascoso, di questi nuvoloni che fanno nero e triste il cielo, di questo vento che strappa le ultime foglie dagli alberi...

Sì, ho paura di questa natura, pochi giorni fa ancora tanto ridente, e che sembra fuggirmi con la vita...

Ho pianto molto... sì a lungo che ora sono stanca di piangere. Gli occhi mi bruciano; mi sembra che il petto si rompa... Dio! Dio mio!

Pietro mi sfugge, teme d'incontrarsi con me... Che gli ho fatto?... Dio mio! che gli ho fatto?!...

12 Novembre - ore 10 di sera

Dio! Dio! Pietà! pietà! Son pazza, Dio mio! Mi pare di perdere la ragione!... mi pare di morire!

Ho urlato come una tigre; ho lacerato coi denti le lenzuola, le vesti, il fazzoletto; mi son rotte le membra urtando contro i mobili come ebbra...

Oh, no! no! Dio non è giusto! Dio è crudele!... Quale tortura! quale tortura orrenda!... Dio! Dio mio!...

L'ho udito! sì, la sua voce!... la sua voce istessa... che ordinava i cavalli per domani...

Oh, quest'uomo!... quest'uomo!...

Ma io l'amo!... ma io l'adoro... com'egli si spaventerebbe a provarlo, se lo potesse, quest'uomo che mi sfugge!... che ha il cuore morto per me!...

Che fare?... che fare, Dio mio?!... Se fossi pazza?!... se impazzissi?!... Dio!!!...

No! Dio non può punirmi del mio delitto... No! Dio non può punirmi dell'opera sua... perché... perché io son debole... perché io son vile dinanzi all'estensione di questo dolore sovrumano che mi si apre dinanzi... perché io, da Lui che mi percuote, voglio il sonno... l'oblìo almeno!...

Dio! Dio!... pietà! pietà!... grazia!!!...

IX

Un'ora del mattino suonava lentamente all'orologio del salotto nel grazioso casino che abitavano i due giovani. Narcisa, pallida del suo delicato pallore di cera, coll'occhio brillante di un inusitato splendore che avea dei lampi di felicità, vestita di bianco, il suo colore favorito, sebbene la stagione fosse alquanto inoltrata, coi capelli raccolti mollemente dentro una reticella di seta ed arricciantisi sulla fronte quasi sino alle sopra[c]ciglia, con quella moda ardita che ricordava le più belle teste delle statue greche, stava seduta abbandonatamente sopra un canapè, accanto a Pietro, nella sua attitudine solita, allacciandogli il collo con le sue belle braccia, figgendo avidamente gli occhi negli occhi di lui, ascoltando le sue parole; e sembrava deliziarsi nella trasparente e profumata atmosfera che le mille sensazioni di quel momento le creavano.

Giammai la donna amante avea sussultato di tale amore fra le braccia dell'uomo amato; giammai la sirena si era abbandonata più molle, più languente; giammai la maliarda avea avuto sguardo più inebbriante da fare oscillare convulsivamente le più intime fibre del cuore di lui. Sembrava che qualche cosa di più che mortale eccitasse in lei tutte le più squisite risorse, le ispirazioni più ardenti della donna affascinante, della donna ebbra anch'essa di questa voluttà che ispirava e che cercava, per formarne un fascino irresistibile, divorante.

L'occhio di Pietro era raggiante; la sua parola interrotta a scosse come per delirio; le sue membra tremanti di sovrumano diletto. Egli suggeva avidamente coi baci per la fronte, pei capelli, per le labbra, per gli occhi, pel collo quelle emanazioni acri e violente di una voluttà insaziabile, che eccitava il godimento sino al delirio...

«Oh! Narcisa! Narcisa!», esclamava egli come un pazzo, «Narcisa di Napoli... di Catania!... t'ho trovata alfine! sì, t'ho trovata!!...»

Tutt'a un tratto quel corpo affascinante di mille seduzioni ebbe un fremito che non seppe reprimere, e quasi una dolorosa contrazione.

Pietro l'abbracciò più strettamente, come ebbro... poiché lo scambiò per un fremito di piacere.

«Che io ti vegga, Narcisa!», esclamò egli colle mani giunte, inginocchiandosi sul tappeto, come se avesse voluto adorarla: «oh! ch'io possa vederti!.. Perché nel tempo istesso che io provo questo godimento supremo, che mi comunico il tuo corpo da fata fra le mie braccia, non posso analizzarti col mio sguardo, ed assorbire quell'altra ebbrezza sublime di divorare le tue bellezze?...».

Egli si tacque, sorpreso, allarmato dal pallore che copriva i delicati lineamenti di lei, che tradivano qualche lievissima contrazione spasmodica: e che cominciavano a bagnarsi di fredde stille di sudore a fior di pelle alla radice dei capelli

Narcisa, come per nascondergli quel triste spettacolo inebbriandolo fra le sue carezze, lo attirò fra le sue braccia, baciandolo del suo bacio languido e divorante nella sua molle seduzione; e posò il suo viso sul volto di lui, mischiando i ricci dei suoi capelli ai suoi...

«Che hai, Narcisa?», le gridò Pietro spaventato dal freddo sudore di cui gli inumidiva il volto il contatto di lei.

«Oh, nulla!... È la felicità!... è la gioia suprema che provo... che sembra farmi svenire... Oh! come son felice!... Dio mio! come son felice!...»

Mentre quella testolina ricciuta si posava sulla sua, Pietro la sentì farsi più pesante sulla sua spalla.

«Narcisa!...»

«Oh, qual felicità, Pietro!... Mi pare di aver sonno... di dover sognare questi squisiti diletti... Avevo tanto sofferto!... Adagiami sul canapè... e suonami qualche cosa sul pianoforte... Provo delle sfumature sì care... dei sogni incerti sì belli!... Oh, Pietro, se li provassi anche tu! Mi pare di dover godere di più con quei suoni tratti da te...»

La sua pupilla era prodigiosamente dilatata; ma lo fissava ancora coi raggi più vivi del suo sguardo.

Pietro s'inginocchiò ai suoi piedi; ella ebbe il coraggio di cambiare in un sorriso la contrazione di spasimo delle sue labbra.

«Suonami il valtzer... *Il Bacio*... fammi contenta...»

Pietro esitava.

«Ma che hai? Dio mio! sei pallida da far paura...»

«È nulla, ti dico... è l'eccesso della gioia, della felicità... Son tanto felice, mio Pietro!... Fammi questo piacere, suona quel valtzer... che mi domandavi sempre...» E giunse le mani con atto infantile di preghiera.

Pietro cominciò ad eseguire quella musica che faceva la più strana impressione in mezzo al silenzio della notte (nella mestizia che, suo malgrado, cominciava ad offuscarlo), ascoltata da quella donna coricata sul divano, che giungeva le mani; della quale i tratti, sussultanti di quando in quando, sembravano assorbire le vibrazioni come delle care reminiscenze; della quale gli occhi si dilatavano colla pupilla di una spaventevole fissità; della quale infine le labbra si aprivano anelanti come a bever l'onda di quell'armonia, in mezzo alle contrazioni spasmodiche che non poteva dissimulare; nel silenzio quasi lugubre di quel salotto, che cominciava ad esser rotto dall'anelito affannoso e soffocato della respirazione di lei.

Ella si era alzata lentamente, come attratta da quel suono; cogli occhi come affascinati da immagini che ella sola poteva vedere... E si era trascinata barcollante, stendendo le mani tentoni, come se non vedesse più, verso il punto dove risuonavano quelle note festanti. Ella vi giunse, anelante di fatica e di piacere, e si aggrappò alla spalla di Pietro per non cadere, gridando con accento indescrivibile:

«Oh! Pietro! Pietro!... dove sei?!...».

E cadde inginocchiata.

Le sue pupille azzurre, chiare, quasi fosforescenti, si fissavano in volto a lui, senza sguardo, come cercandolo; e allorquando sembrò ch'ella non potesse rompere quel velo che le annebbiava la vista, che le impediva di pascersi nelle sembianze di lui, i suoi lineamenti, che cominciavano a contrarsi, espressero l'angoscia... un terrore nuovo, incomprensibile.

«Oh, Dio! Dio mio!», singhiozzò agitando le labbra convulsivamente, come se stentasse a trarre quei suoni dalla sua gola arida e ad articolarli colle sue labbra tremanti: «Oh! Dio!... sì presto! sì presto!...».

E quando incontrò gli abiti del giovane, le sue mani increspate cercarono brancolando le mani di lui, che strinsero avidamente, con tenace ostinazione, quasi temessero di lasciarsele sfuggire.

La pelle del suo viso si era fatta arida, e le vene cominciavano ad iniettarsi di sangue. Pietro, stordito, spaventato, afferrò il cordone del campanello.

«È giunto il signor Angiolini»: disse un domestico sulla soglia.

«Presto! presto! che corra... soccorso! Ella muore!», gridò Pietro.

Sollevò quel bel corpo, fattosi di un'inerte pesantezza, fra le sue braccia, stringendovelo con una furibonda tenerezza, e lo coricò sul divano. In tutto quel tempo le mani convulse di lei cercarono ancora le sue; e quando le trovarono fecero atto di recarsele alle labbra, fissandolo sempre di quella pupilla cerulea, dilatata, senza sguardo.

Si udirono dei passi precipitati, e comparve Raimondo, che veniva a prendere Brusio per condurlo da sua madre, come Narcisa ne avea avuto sentore. Con un solo sguardo egli vide di che si trattava, e senza perder tempo in domande inutili, corse da lei, distesa sul divano, e le prese il polso.

Le pulsazioni erano deboli, lente, mancanti; osservò la pelle arida, picch[i]ettata in alcuni punti delle braccia di bollicine incolori; il volto acceso e che cominciava a farsi livido; gli occhi fissi che operavano uno sforzo prodigioso per non cedere alla pesantezza delle palpebre, onde fissarsi ancora su di Pietro, quantunque non lo vedessero più. Toccò vivamente la regione epigastrica che tradì uno spasimo acuto.

«Hai in casa dell'emetico?», domandò vivamente Raimondo al suo amico, rizzandosi con la pronta decisione che dà l'intuizione al medico di genio, e che lo fa sollevare e dominare in tali momenti.

«Oh no!... Dio mio!...»

«Un momento! avrete almeno questo»; e spezzò il cordone del campanello, strappandolo con violenza.

«Recate un bicchier d'acqua e del sapone, e preparate due tazze di caffè molto carico e senza zucchero; subito!», ordinò al cameriere che comparve.

«Bisogna che tu passi nell'altra stanza»; soggiunse quindi a Brusio che sembrava di sasso. Narcisa, che udì forte e comprese quelle parole, strinse più vivamente le mani del giovane, quasi volesse attaccarsi a lui.

«No! no!», singhiozzò Pietro cadendo inginocchiato dinanzi al canapè; «no! io non la lascerò un minuto... Io sarò forte, Raimondo!»

Il medico si strinse con impazienza nelle spalle, e tentò di far bere a Narcisa il bicchier d'acqua che gli avevano recato ove avea sciolto del sapone.

Ella ne inghiottì avidamente due o tre sorsi, afferrando il bicchiere come se avesse voluto aggrapparsi alla vita che sentiva sfuggirle; provò qualche movimento di vomito, che rimase senza effetto; e ricadde pesantemente sul canapè mormorando:

«Oh! la vista!... Dio mio! la vista!... vederlo almeno!...».

E due lagrime luccicarono sulla sua orbita. I suoi lineamenti erano orribili di questa lotta penosa che cercava vincere e dissimulare con isforzi sovrumani.

Raimondo, che avea preso la testa di lei fra le sue braccia, un minuto dopo la lasciò ricadere sul cuscino, resa di una cadaverica pesantezza; e rimase muto, disanimato. Poco dopo mormorò, come parlando a se stesso:

«È l'oppio in forti dosi... Ora il delirio... dopo il coma...».

«Che sete! Dio mio, che sete!», mormorava Narcisa colla voce secca, stentando a disnodare la lingua, legata da una spaventevole aridità; «acqua! per pietà, Pietro!... acqua!...»

Raimondo le fece inghiottire quasi tre tazze di caffè amaro.

«Che fare? Dio!... che fare?», gridava Pietro implorando, con l'accento del cuore, da Raimondo quell'aiuto che questi non poteva dargli mentre avea chinato la testa sul petto, come se avesse voluto dire: troppo tardi!

La fisionomia di Narcisa si animava come se contemplasse deliziose visioni che il suo occhio sbarrato e fisso poteva vedere soltanto. Ella mormorava frasi interrotte, appena sensibili, in cui spesso le sue labbra si agitavano come per sorridere. Una o due volte sembrò riscuotersi bruscamente, con un senso penoso... e allora i suoi tratti esprimevano un immenso affanno... in cui ella mormorava:

«Oh, Pietro!... il valtzer!... il valtzer!...».

Pietro, che aveva soltanto la forza di bagnare di pianto le sue mani che si teneva alle labbra, gridò singhiozzando:

«Ma salvala, Raimondo!... fratello mio!... Non vedi che muore!... Bisogna ch'ella non muoia!... Non voglio che ella muoia!...».

Tutt'a un tratto Raimondo corse al pianoforte, come cedendo ad un'ultima e subitanea ispirazione; lo strascinò sulle sue carrucole sino al canapè dov'era sdraiata l'agonizzante; sollevò questa fra le sue braccia, perché le braccia di lei potessero ancora circondare il collo di Pietro che non volevano abbandonare; e disse a Brusio che sembrava istupidito:

«Non c'è più che un miracolo che possa prevenire il coma, che possa salvarla: bisogna prolungare questo delirio per dare il tempo di operare all'infuso di caffè... Suonale quello che vuole... Ci son dei casi in cui la scienza bisogna che ricorra all'arte o al caso».

Pietro cominciò a suonare quel valtzer allegro e brillante, di cui le note acquistavano la più triste inflessione sotto le sue dita increspate e tremanti, e che strillavano sinistramente in mezzo al funereo silenzio di quella stanza.

Due o tre volte le labbra di Narcisa sorrisero; i suoi lineamenti perdettero la loro rigida alterazione per esprimere il piacere più intenso che quel suono certamente le procurava o che determinava i sogni deliziosi del suo delirio... Ella stringeva più fortemente, sebbene con moto convulso, quella testa che abbracciava; e qualche volta le sue labbra si agitarono come per baciare; e il suo capo si avanzava tentoni come se avesse voluto incontrare quello di lui;... e la sua pupilla appannata, vitrea, fissa, ebbe un lampo, un raggio di uno sguardo in cui balenava tutto l'ineffabile amore che l'agonia non poteva assopire in quel cuore.

«Oh! Pietro! Pietro!... ti vedo!...», gridò esultante; con un accento indescrivibile che avea più dell'urlo dello spasimo che del trasporto della gioia; «m'ami?!... m'ami tu?!!!...»

E si rovesciò assieme a lui sul canapè vincendo, con uno sforzo disperato, miracoloso, la difficoltà di proferire, il torpore della mente, l'inerzia delle forze, l'agonia insomma.

«Pietro, m'ami ancora?!»

«Sì! sì! t'adoro!...», singhiozzò egli tentando inumidire l'aridità di quella pelle coll'umido delle sue labbra, di scacciare il torpore di quelle membra, la pesantezza di quelle palpebre coll'impeto dei suoi baci; cercando trasfondere la vita che sentiva rigogliosa, giovane, potente in lui, nel soffio che alitava fra le labbra di lei violacee, semiaperte e convulse.

«E non me lo dici perché hai pietà di me?... e non me lo dici perché io muoio?!...», seguitò ella aggrappandosi al suo collo, nelle convulsioni dell'agonia, con quel moto incerto e straziante del volto e delle labbra che cercavano il volto di lui per baciarlo.

«Oh, no!... non ti ho mai amato come t'amo!... Narcisa!... Narcisa!... non mi abbandonare!...»

«Grazie!... grazie!...», mormorò la moribonda con un anelito interrotto che la stentata respirazione soffocava nella sua gola; «grazie!... oh! la vita!... dottore, fatemi vivere... egli mi ama!!... io non voglio morire!!!», finì con accento straziante.

E non poté più proferire, quantunque agitasse ancora penosamente le labbra, e alcuni suoni rochi e interrotti scappassero dalla sua gola arida.

Ella rimase come profondamente assopita; riscossa di tratto in tratto da sussulti convulsivi: rivelando mille impressioni, ora deliziose ora tristi, nella mutabile espressione dei suoi lineamenti, in cui l'occhio soltanto, colla sua larga e lucida fissità faceva prevedere la morte.

Era orribile a vedersi la rapida decomposizione di quella fisonomia. Finalmente sopraggiunse il sonno.

Pietro rimaneva, com'ella l'aveva attirato rovesciandolo nella sua caduta, ancora avvinghiato a quel corpo per tre quarti cadavere, e che aveva tuttavia i suoi ultimi moti convulsivi, gli estremi sforzi dei suoi rantoli, la disperata tensione della pupilla per lui; egli era come affascinato da quell'orribile spettacolo che impietrava le lagrime nel suo occhio ardente e dilatato quasi al pari di quello di lei.

«Ma parti, disgraziato!», gli gridò Raimondo tentando di strapparlo a quell'amplesso di morte; «non vedi che ciò ti uccide...!»

Pietro non rispose, e abbracciò più strettamente quel corpo inerte, in cui gli parve sentire un ultimo sussulto al suo abbraccio, mentre le mani gli parve lo stringessero più tenacemente, come per ringraziarlo e non lasciarlo.

Quell'agonia fu lunga, penosa, orrenda. A pena il medico, colla mano sul petto di lei a numerare i battiti del cuore, poté discernere il punto in cui il sonno del veleno si mischiò al sonno della morte.

Pietro rimase istupidito, come un pazzo; per un mese intiero.

Il secondo rivide sua madre; poi gli amici. Un anno dopo ricomparve in società...

Chi sa quante volte al giorno pensa a quest'ora a Narcisa, la donna ch'è morta d'amore per lui?!...

Le splendide promesse del suo ingegno, che l'amore di un giorno aveva elevato sino al genio nella sua anima fervente, erano cadute con quest'amore istesso. Pietro Brusio è meno di una mediocrità, che trascina la vita nel suo paese natale rimando qualche sterile verso per gli onomastici dei suoi parenti, e dissipando il più allegramente possibile lo scarso suo patrimonio.

Misteri del cuore!